クラスの大嫌いな女子と結婚することになった。 4

天乃聖樹 Amano Seiju
イラスト 成海七海
キャラクター原案・漫画 もすこんぶ

学校帰りのデート…？
「ん〜〜〜っ！
おいし〜〜〜っ！」
Maho Sakuramori
桜森《さくらもり》 真帆《まほ》

「センパイ、指にソースついてるよ♪
アタシが綺麗にしてあげる♪」

桜森《さくらもり》 朱音《あかね》
Akane Sakuramori
「望むところだよ！
才人くんは
どっちが好き？」
Himari Ishikura
石倉《いしくら》 陽鞠《ひまり》
「おっ、ひまりん、
やる気だね～♪
ししょーだからって、
手加減はしないよ？」
北条《ほうじょう》 才人《さいと》
Saito Hojo
浮気……？

みんなで楽しい遊園地！
Shisei Hojo
北条《ほうじょう》 糸青《しせい》
凍結!?
完全気絶……。

観覧車を怖がる朱音に――

「手、握るか？」

「な、なによ、急に!?」

朱音は唇を尖らせながらも、
才人の差し出した手におずおずと触れる。

才人がしっかりと手を握り締めると、
朱音の震えが徐々に治まっていく。

――お前はいつも、頑張りすぎなんだよ。

CONTENTS

Class no Daikirai na Joshi to Kekkon surukotoninatta.

クラスの大嫌いな女子と結婚することになった。4

天乃聖樹

MF文庫J

口絵・本文イラスト●成海七海
漫画●もすこんぶ

プロローグ

prologue

朝から朱音《あかね》がご機嫌だ。

真新しいキッチンで、鼻歌を歌いながら朝食を作っている。

冷蔵庫とコンロのあいだを歩き回る足取りは軽く、スキップ気味。鍋を掻《か》き混ぜるときも、肩を揺らしてリズムを取っている。

「なにかいいことでもあったのか？」

キッチンに入った才人《さいと》は、不思議に思って尋ねた。

「あったんじゃないの、これからあるのよ」

「なにがだ？」

「知りたいっ？　知りたいっ？」

お玉を持った朱音が、目をきらめかせて才人の顔を覗《のぞ》き込《こ》んでくる。性格はアレな少女だがルックスだけは良いせいで、寝起きに直視するには刺激的すぎるほど可愛《かわい》らしい。

「……別に」

才人は顔をそらした。

「なによ、素直に知りたいって言いなさいよ！　これは国家機密レベルのトップシークレットなのよ!?」

「国家機密をぺらぺら喋《しゃべ》ろうとするな」

「ぺらぺらじゃないわ！　ぷるぷるよ！」

「どんな喋り方だ」

「あんたがどうしても知りたいって顔してるから、仕方なく情報を恵んでやろうとしているのよ！」

「同情は結構だ」

「あーそう！　じゃあ、もういいわ！　あんたなんかには教えてあげない！」

朱音《あかね》が味噌汁《みそしる》の入った鍋を抱え上げたので、才人《さいと》は慄然《りつぜん》とした。あれは味噌汁を鍋ごと投擲《とうてき》する構えだ。

世界の他の地域では違うかもしれないが、我が家では味噌汁さえ戦略兵器になるのだ。直ちに防衛体制を整えなければ、味噌味《みそあじ》の制服で登校する羽目になってしまう。

警戒する才人だが、朱音は鍋を投げようとはしなかった。楽しそうに微笑《ほほえ》みながら、鍋の味噌汁をお椀《わん》に注《つ》いでいく。

「味噌汁を俺に浴びせない……だと!?」

「浴びせてほしいの……？」

朱音が変態を見るような目で才人を見た。

「いや……決して浴びたいわけじゃないんだが……なんとなく落ち着かないというか」

「可哀想《かわいそう》に、脳が腐ったのね」

「腐ってはいない」

「ぬかみそは毎日掻《か》き混ぜないと腐るのよ？　おばあちゃんが言っていたわ」

「ぬかみそと脳味噌を一緒にするな」

才人の脳細胞はもっと高度な構造をしているはずだ。

「私が掻き混ぜてあげましょうか？」

「脳を掻き混ぜたら死ぬからな！」

「あんたなら大丈夫よ！」

「その信頼の根拠はなんだ！」

「上手にやるから！」

「脳味噌の掻き混ぜ方に上手もクソもあるか！」

朝から各種の味噌を巡って言い争っても、朱音は一向に味噌汁を投げようとしない。

――なんて優しいんだ、朱音！

才人は感激した。日々過酷な戦場に晒《さら》されているせいで、優しさの基準がだいぶ緩くなっていた。

それにしても、今朝の朱音は様子がおかしい。普段なら怒りの業火を撒き散《まち》らすはずの状況で、笑っている。

――俺の殺害計画が順調に進んでいるということか？　だから笑顔なのか？

才人《さいと》は疑念に駆られるが、そういう気配もない。うずうずしているというか、喜びを抑えきれないというか、圧倒的にポジティブなオーラが朱音《あかね》の全身から溢《あふ》れている。

朱音が鶏《とり》の照り焼きを皿に盛りながら、ちらちらと才人の方を見やる。

「わ、私の妹ってね、最高に可愛《かわい》いのよ」

「急になんの話だ!?」

才人には脈絡が分からなかった。亡くなった妹のことについて触れたら、また朱音が落ち込んでしまうのではないかと心配になる。

朱音は落ち込むどころか、話したくてたまらないといったふうに浮き浮きと語る。

「私がごはんを作ってあげたら、なんでもおいしいおいしいって言って食べてくれてね。私がグラタンを消し炭にしちゃったときだって、『おねーちゃんの料理は世界一だよ！』って無理して完食してくれたの」

「いやそこは止めろよ……消し炭は可哀想《かわいそう》だろ」

「止めたわよ！　後で片付けようと思って置いてたら、妹が食べちゃってたの。私の手料理を捨てるなんてできないって」

「優しい妹だったんだな」

才人が感心すると、朱音は頬《ほお》をほころばせる。

「でしょ？　私から逃げ出す近所の猫も、妹には懐いていたわ」

「それはお前が構い過ぎだからだろ」

「構い過ぎてないわ。猫じゃらしで十時間ぐらい遊んであげていただけよ」

曇りのない瞳だった。

「十時間……」

才人はごくりと唾を飲む。

どんなに楽しいことだろうと、永劫《えいごう》の時を重ねれば拷問になる。きっとその猫は、猫じゃらしを見るのも嫌になっていただろう。

もし万が一、将来誰かに恋してしまったら、朱音は相手が悲鳴を上げるまで熱烈に愛し尽くすに違いない。他人事《ひとごと》ながら、才人はその相手に同情した。

「でね、でね、私が出かけようとしたら、妹は『いつ帰ってくるの……？』って心細そうに聞くの。涙目で震えてるのを見ると、きゅうううんってなって放っておけないの。ああ、この子は私がいないとダメなんだなって、いっぱいお世話したくなっちゃうのよ」

夢見るように語る朱音。

思い出に浸っている姿を前に、才人は居たたまれない感情に駆られる。どんなに朱音が妹のことを大事に想《おも》っていても、それは飽くまで過去の話なのだ。彼女の妹は、二度と会えないくらい遠くに行ってしまったのだから。

「熱が出てるときとかは、特に心細そうだったから、よく手を握って寝かしつけてあげていたわ」

「おしとやかで素直で可憐《かれん》な病弱少女って感じか。朱音《あかね》とは正反対だな」

「正反対ってなによ！　私だっておしとやかよ！」

朱音の放ったフォークが、テーブルに深々と突き刺さった。金属とは思えぬほどしなって痙攣《けいれん》するフォークに、才人《さいと》は生命の危機を覚える。

「『大人になったら、おねーちゃんのお嫁さんになる！』なんて言ってくれたりもしてね！　かわい〜わよね〜！」

朱音は目をつむり、両腕を抱き締めて身をよじる。

「よく分からんが、お前が妹にベタ惚《ぼ》れだったということは分かった」

この好き嫌いが激しい朱音が溺愛していたのだから、よほど可愛《かわい》い妹だったのだろう。

ベッドで本を読む深窓《しんそう》の令嬢といった姿が容易にイメージできる。

一度は会ってみたかったな、と才人は思った。

第一章 『後輩』

episode1

穏やかな陽《ひ》を浴びながら、才人は中庭で本を読んでいた。

昼休みの中庭は人も少なく、ケンカを吹っ掛けてくる朱音もいないから、静かに読書に耽溺《たんでき》できる。草花の香りを乗せた風が頬《ほお》を撫《な》で、本のページをめくろうとしてくる。

自宅では期待するべくもない安寧を才人が堪能《たんのう》していると、背後から声がした。

「せーんぱい♪」

鼻にかかった甘い声。

才人のことを先輩と呼ぶ者はいないはずだ。誰だろうと思って才人は振り返る。

長い髪の少女が、背中に手を組んで才人の方に身を乗り出していた。

あどけなさが残っているが、アイドルのように愛くるしい顔立ち。大きな瞳が悪戯《いたずら》っぽく躍り、生意気な光を宿している。

幼い雰囲気が抜けないのは、ハートの髪留めで結んだ二本のおさげのせいかもしれない。

けれど、すらりとしたスタイルは大人の魅力を兼ね備え、ガーターベルトに彩られた太ももが蠱惑的《こわくてき》な雰囲気を漂わせている。

才人は既視感を覚えた。知り合いではないはずなのに、どこかで会ったことがあるような気がする。

急いで記憶をさかのぼり、思い当たった。

かつて才人《さいと》が一目で惹《ひ》かれた、あの子に似ているのだ。天竜《てんりゅう》が別荘で開催した卒業記念パーティに来ていた、長い髪の少女。当時は彼女も小学生くらいだったが、成長したらこんな感じになるのかもしれない。

「……誰だ？」

才人は困惑交じりに尋ねた。

少女は口を押さえて目を丸くする。

「えっ、センパイ、アタシのこと知らないの？　ほらほらっ、アタシだよアタシっ！　真《ま》帆《ほ》だよ！」

「まったく知らん！　誰だ真帆って！」

「アタシの話、全然聞いてないの？　人類初、生身の宇宙飛行を成功させた真帆だよ！」

「そんな大ニュースなら俺も聞いてるはずなんだけどな！」

頭でも打って記憶喪失になっていない限り、完全に初対面である。オレオレ詐欺ならぬアタシアタシ詐欺を仕掛けられているのかと才人は疑う。

真帆と名乗った少女は、口元に指を添えてつぶやく。

「ふ～ん、そっかぁ……。まあいいや、それならそれで」

「なにがいいのか分からんが……俺になんの用だ？」

訝《いぶか》る才人《さいと》の前に、真帆《まほ》が回り込んでくる。

端整な顔立ちが迫り、鮮やかに朱《あか》い唇が才人の目を刺した。少女の素肌から、甘い空気が匂い立つ。唇を触れさせんばかりにして、真帆がささやく。

「センパイのコト、気に入っちゃった。アタシの恋人になって♪」

「はぁ!?」

才人は身を引いた。

「ちょっとー、そんなびっくりしなくてもいいでしょー？　傷ついちゃうじゃん」

「いや……びっくりするだろう。知らない相手から、いきなりそういうこと言われたら」

そして、相手は「あの子」にそっくりの少女なのだ。才人は自分の心拍数が上昇しているのを感じる。

「アタシはセンパイのこと、よく知ってるよ？」

「……そうなのか？」

両足を跳ね上げるようにして、真帆が元気よく才人の隣に腰を下ろす。

「うんっ！　センパイって、ずーっと学年一の成績なんだよね！　高校だけじゃなくて、小学校のときも、中学校のときも！　頭のいい男のヒトって、カッコイイよね～！　ソンケーしちゃう！」

「お、おう……」

ストレートな賛辞をぶつけられ、才人は頬《ほお》を掻《か》いた。

トップに君臨しているのはいつものことだし、今さら褒めようとする人間はあまりいないだけに、たまに褒められると落ち着かない。

初対面なのに、少女は体が触れそうで触れない絶妙な距離に座っていた。きっと彼女は知っている――自分が魅力に溢《あふ》れていて、その位置に座れば男にプレッシャーを与えることができるということを。

「しかも、センパイってあの北条《ほうじょう》グループの次期当主なんでしょ？　完全勝ち組じゃーん。女の子にモテまくって仕方ないって感じ？」

「そんなことはないと思うが」

「嘘《うそ》。アタシ知ってるんだよ？　三年の陽鞠《ひまり》センパイから、センパイが告られて断ったってこと。陽鞠センパイ、美人で優しくてめちゃくちゃ人気なのに、なんで振っちゃうかな～？　この贅沢《ぜいたく》者～♪」

うりうりと、真帆が才人の脇腹を肘で突っついてくる。

「それは……」

「理由も知ってるよ？　朱音《あかね》センパイと、一緒に暮らしてるからだよね？」

「……!?」

才人《さいと》は凍りついた。

限られた親族以外は知らず、決して知られてはいけない情報。誰かに聞かれてしまったのではないかと、才人はとっさに辺りを見回す。

そんな才人の考えを見透かしたように、真帆《まほ》が笑う。

「大丈夫だよ、誰もいないから」

「なぜ……知っている……？」

才人は声を絞り出した。

「大好きな才人センパイのことは、なんでも知ってるからだよ♪」

真帆が目元にピースサインを添えてウインクする。完璧に決まっていて可愛《かわい》いのが、逆に腹立たしい。

「誤魔化《ごまか》すな。説明になっていない」

「説明するつもりもないもん」

「誰から聞いた？」

「おばーちゃんが言ってたよ♪」

「ふざけるな！　お前は知ってはいけないことを知ってしまった……。口封じをしなければならない……」

才人は真帆の肩を鷲掴《わしづか》みにした。

「きゃー♪　えっちなお仕置きされちゃうー♪」

「そういうことはしない！」

風評被害を危惧《きぐ》して手を離す才人。

真帆は逃げ出すどころか、面白くてたまらない様子で足をぱたぱた動かす。完全に男を舐《な》めている。

「お前は……いったいなんなんだ……」

「真帆だよ！」

「名前の話じゃなく……」

才人は激しい疲労感を覚えた。

この捉えどころのない少女、目的も分からなければ正体も分からない。言動が無秩序すぎて、どう対応するのが正解なのかも計算できない。

真帆が才人の膝に手を載せ、顔を寄せてくる。

「……で？　アタシと付き合う？」

「今までの流れでどうやったら付き合う結論になるんだ！」

「だって～、アタシって才人センパイと朱音《あかね》センパイのヤバイ秘密を知ってるんだよ？　つまり～、アタシの要求に応じなかったら～、どうなっちゃうのかな～？」

「お、お前……まさか……」

才人《さいと》の背筋に冷や汗が流れた。

「そのまさかでーす♪」

真帆《まほ》はにま〜っと笑った。

胸をいっぱいに膨らませて深呼吸し、口の周りを手でメガフォンのように囲って、校舎に反響するほど声を張り上げる。

「みなさーん、聞いてくださーい！　三年の才人センパイと〜、朱音《あかね》センパイは〜！」

「待て待て待て待て！」

才人は大慌てで真帆の口を塞いだ。

勢い余って真帆の体が倒れ、背中がベンチに押しつけられる。長い髪がベンチの座面を這《は》い、しどけなく地面へと垂れている。

後輩にはふさわしくない色香。手の平に当たる唇の感触がなまなましい。

押し倒されたような体勢のまま、真帆はくすくすと笑う。

「わー♪　センパイってば、だいたーん♪　やっぱ口封じって、こーゆーことなんだ？」

「今のは緊急避難だ……。ちょっと話し合おうか……」

才人は少女というより爆発物を押し倒している気分だった。取り扱いをわずかに誤れば、この爆弾は容赦なく業火を撒《ま》き散《ち》らす。

「アタシの唇、やわらかかったでしょ？」

「唇の話は後だ！」

「もう一度、試してみる？　今度はセンパイの唇で～」

「ちょっ……」

真帆が才人の胸元を掴《つか》んで身を起こし、唇を寄せてくる。突然の接近に、才人は避けるのが間に合わない。

そのとき、二人のあいだに砲弾が飛んできた。

いや、それは砲弾ではない。地面から凄《すさ》まじい速度で射出された、糸青《しせい》の体だった。

糸青がベンチに激突し、才人と真帆が左右に弾《はじ》き飛《と》ばされる。

真帆は悲鳴を上げてベンチから転げ落ちる。

糸青はベンチに凜々《りり》しく仁王立ちし、ふいーっと息をついて額を拭った。

「危ないところだった。兄《あに》くん、無事？」

「シセ……！」

なんたる勇姿。なんたる英雄的行為。

才人はヒーローに救われた乙女の心境だった。今の自分が少女漫画のヒロインの表情になっている自覚があった。

糸青は頼もしく告げる。

「兄くんのことは、シセが守る。たとえどんな強敵が立ちはだかろうと、シセの力で薙《な》ぎ

倒《たお》し、屈服させせムギュッ」

糸青《しせい》の雄々しい決意表明は、突如飛びついてきた真帆《まほ》によってさえぎられた。

真帆は糸青を抱きすくめ、ぶんぶんと振り回す。

「かわっ……かわわわわわ！　なにこれー!?　まつげながーい！　ほっぺたふにふにー！　お肌すべすべー！　可愛《かわい》すぎるでしょー！　妖精さんなの!?　それとも人形!?」

「俺の従妹《いとこ》の糸青だ……振り回すのはやめてやってくれ」

糸青の目は既にぐるぐると回っていた。小動物の直感で抵抗は不可能と悟ったのか、手足も脱力させてされるがままになっている。

真帆が欲望全開で尋ねる。

「もらってっていい!?」

「もらっていくな」

「絶対幸せにするから！　神棚に飾って毎日マシュマロを捧《ささ》げるから！」

「その人生でシセが幸せになるとは思えん」

「いいでしょー!?　欲しい欲しい欲しい欲しいっ！　あーもう誘拐しちゃうっ！」

「誘拐するな」

有無を言わさず糸青を連れ去ろうとする真帆から、才人《さいと》は糸青をもぎ取った。突然の暴挙に怯《おび》えているのか、糸青は小刻みに震えながら才人にしがみつく。

真帆《まほ》は拳を握り締め、才人《さいと》を睨《にら》み上げる。

「うぐ……北条《ほうじょう》才人、許すまじ……」

「お前は俺に告白に来たのか、糸青《しせい》をさらいに来たのか！」

「もちろんセンパイに告白に来たんだよ！　でも可愛《かわい》い子がいたら、さらいたくなるのが当然でしょ⁉」

「危険思想だ……！」

「しーちゃん可愛い……。しーちゃんのおっぱい……サワリタイ……」

「痴女《ちじょ》⁉」

わきわきと手を蠢《うごめ》かしながら、にじり寄ってくる真帆。

糸青を腕の中に守って後じさる才人。

守られている真っ最中の糸青はどさくさに紛れて才人の胸を揉《も》みまくっているので、こっちもこっちで痴女だ。

「シセ……俺の胸から手を離せ」

「断る。妹には兄の胸を育成する義務がある」

「まずそんな義務はないし……俺の胸はこれ以上育たない！」

「兄《あに》くんは成長期だから可能性はある。自分で自分の可能性を狭めるのは愚かな行為」

糸青は断固として己の主張を曲げようとしない。この妹には後で相応の報いを受けさせせねばならない。

一触即発の空気に包まれる中庭に、チャイムが鳴った。昼休みの終了を告げる予鈴だ。

真帆が手を下ろして戦闘態勢を解除する。

「命拾いしたね、センパイ。でも、これは終わりじゃないから。始まりだから」

「ラスボスみたいなことを言うな」

世界の平和を乱すラスボスは朱音《あかね》一人で充分だ。

「またね、センパイ♪」

真帆はウインクして走り去っていった。


教室に戻った才人だが、まだ五時限目の授業の教師は来ていなかった。

正月ボケならぬ昼休みボケした生徒たちは、思い思いに散らばって駄弁《だべ》っている。陽鞠《ひまり》としゃべっている朱音は、朝と同じく上機嫌な様子だ。なにがあったのか才人も気になるけれど、今さら問いただすこともできない。

「さっきの子のこと、好み？」

才人の机に腰掛けている糸青が尋ねた。

「好みということはない」

「でも、あの子に迫られて鼻の下を伸ばしていた。五十メートルぐらい」

「人体がそんな伸びるか！」

「兄《あに》くんならやれる。シセは信じている」

「信頼してくれるのはありがたいが、俺にだって無理なことはある」

これは謙遜ではない。事実である。

「兄くん、あの子から本気で逃げようとしていなかった。兄くんは相手が可愛《かわい》い女の子なら、誰とでもキスするの？」

糸青《しせい》は小首を傾《かし》げた。

サファイアのように澄み通った瞳が、才人《さいと》を真《ま》っ直《す》ぐに見つめている。その純粋すぎる視線に、才人はあらゆる邪心を見透かされる気がする。

「急に襲ってきたから、反応が遅れただけだ」

「それがおかしい。普段の兄くんなら、反射的にあの子を撲殺していたはず」

「全身凶器かよ！　そんなヤツを野放しにしておいてはいけない」

「兄くん、ああいう魔性の女が好き？」

「まあ……見た目は嫌いじゃない」

思い出の少女に似ていたから。才人が惹《ひ》かれた「あの子」は、魔性とはかけ離れた清楚《せいそ》で可憐《かれん》なタイプだったけれど。

「兄くんは外見だけで女の子を判断する下半身至上主義。シセ覚えた」

「覚えるな！」

「シセともキスする？」

糸青が才人の唇に指を這《は》わせ、まつげのぶつかる距離から目を覗《のぞ》き込《こ》んでくる。糸青のファンクラブの女子連中に見られたら殺される状況だ。

「妹とキスはしない」

「大丈夫、朱音《あかね》は見てない」

糸青が密《ひそ》やかにささやく。妹の甘い吐息が、才人の唇をくすぐる。

「バレる心配をしているわけじゃない」

「昔はキスしてたのに？」

「あれは小さな頃の話だろう。そもそも唇じゃないから、家族のキスだ」

「家族のキスなら、今もしていいはず」

「ここじゃダメだ」

「シセはどこでもいい。耳の裏でも、おへそでも」

「あんまり誤解されそうなことを言うな」

才人は糸青の指を握って、自分の唇から離した。

――お前も結構、魔性だぞ。

内心でつぶやく。糸青《しせい》の完璧な美貌に慣れた才人《さいと》でなければ、秒速で撃破されてしまっていただろう。

糸青が机から滑り降りる。その拍子に制服のスカートがめくれそうになったので、才人はとっさに整える。魔性の一面があるかと思えば、幼い頃と変わらず世話の焼けるところもあって放っておけない。

「あの子、危険な匂いがする。気をつけて」

「お前、誘拐されそうになってたもんな」

「そうゆう意味じゃない」

糸青は自分の席に戻っていった。


放課後、才人は3年A組の教室で、久々の自由に胸を躍らせていた。

朱音《あかね》は陽鞠《ひまり》と遊ぶ予定があるので、夫婦で食材の買い出しに行く時間はない。糸青は両親とショッピングに行くらしく、例のメイド運転手の迎えを呼んでいる。

つまり、本日の才人は学校を出ればボッチなのである。

糸青と街をぶらつくのは楽しいが、たまには一人になりたいときもある。そう、たとえば……お色気要素のある小説の発売日などだ。

以前から追いかけている海外SF小説のシリーズ。宇宙開発をテーマにしていて知的興奮を誘うのだけれど、困ったことに表紙がセクシーすぎる。濡《ぬ》れ場《ば》も多いし、たとえ家族といえど年頃の少女と二人で買いに行くのは抵抗があった。

本を買うついでに、今日はふらっと映画館に入ってもいいかもしれない。ドラッグストアをハシゴしてサプリメントを買い漁《あさ》る放課後も優雅だ。

才人がフリーダムな放蕩《ほうとう》に期待を膨らませていると。

「せんぱーい！」

明朗闊達《かったつ》、かつ死刑宣告のごとき呼び声が、教室に響き渡った。

教室の入り口に、真帆《まほ》が立っている。三途《さんず》の川《かわ》の向こうから、大きく手を振っている。

「シセ、逃げろ！」

才人は隣を見やるが、既に糸青の姿はない。瞬間移動を思わせる速度で逃走してしまっている。

兄《あに》くんのことは守ると雄々しく言ってくれていたのはなんだったのか！　と感じる才人だが、賢明な判断だ。迫り来る嵐を前に小動物が逃げるのは当然である。

教室に残っていたクラスメイトたちがざわつく。

「うわっ、めちゃくちゃ可愛《かわい》い子……」「一年生か？」「あんな可愛い子、いたっけ？」

「転校生じゃないのか」「誰に用なんだ？」

などなど、男子生徒の視線が集中する。特に真帆《まほ》の太ももに。

真帆はもじもじとしなを作りながら、入り口付近の男子たちに尋ねる。

「あの……アタシ、北条《ほうじょう》センパイに会いたくて来たんですけど……。北条センパイ、いますか……？」

恥じらいに満ちた、恋する乙女の表情。しかし、明らかに彼女の視界には才人《さいと》の姿が入っているし、気づいていないはずがない。

男子たちの怒りの視線が、才人に突き刺さる。

「北条……またお前か！」「石倉《いしくら》から愛されるだけでは飽き足らず、こんな可愛《かわい》い後輩まで！」「その悪逆非道の数々、お天道様が許してもオレたちが許さねえ！」

「俺がいったいなにをした!?」

才人の抗議には構わず、男子たちが才人を担ぎ上げる。

「「「わーっしょい！　わーっしょい！　わーっしょい！」」」

活力に満ちた掛け声と共に、才人をベランダに運んでいく。総力を結集して空中に放り出そうとする。

「お前ら、ちょっと落ち着け！　ここは四階だぞ!?」

「「「わーれーらーの、恨みいいーをー、ほーうーじょーの血潮でー」」」

「なんだその歌は!?　誰か衛兵を！　衛兵を呼べ――!!」

才人の要請に応じる者はいない。四面楚歌《しめんそか》である。

「やめてくださいっ！ アタシの大好きな北条センパイにひどいことしないでくださいっ！ アタシは、北条センパイと幸せになりたいだけなんですっ！」

真帆が悲劇のヒロインぶって叫ぶが、逆効果だ。男子たちは血の涙を流しながら、才人を振り回し始める。四階から落下させるだけでは足りない、もはや大気圏から射出してしまいたいという心情が溢《あふ》れている。真帆がわざと男子を煽《あお》っているのは明白だ。

才人は渾身《こんしん》の力で男子たちの拘束から抜け出すと、彼らの頭を踏んで跳躍した。教室に飛び込み、学生鞄《かばん》を引《ひ》っ掴《つか》んで廊下に脱出する。

真帆がくすくす笑って才人を追いかけてくる。

「大変だったねー、センパイ♪」

「誰のせいだと思っている……」

男子たちが追撃してきていないのを確かめ、才人は安堵《あんど》した。彼らも一時の激情に呑《の》まれただけ、本気で同級生を人間砲弾にする気はないのだろう——多分。

「俺になんの用だ？」

才人はうんざりしながら尋ねた。

「アタシの用事を聞いてくれるの!? センパイ優しい！」

真帆は胸元に手を組んだ。

「聞かなかったら、聞くまでついてくるんだろ」

「センパイってアタシのことよく分かってる〜。もしかしてアタシのファン？」

「ファンではないし、お前のことは地球外生命体だということしか分からん」

「えっ？　アタシのことをもっとよく知りたい？　カラダの隅々までじっくり教えてほしい？　もー、センパイってばえっち〜♪」

ぺちぺちと、才人《さいと》の肩を叩《たた》いてくる真帆《まほ》。

ぴきぴきと、頬《ほお》を引きつらせる才人。

自室の窓ガラスに止まったセミ並に鬱陶しいが、絡み方が可愛《かわい》いせいでむげに追い払えないのが余計に鬱陶しい。

「よし、お前の住所氏名電話番号を詳しく教えてくれ。親御さんに電話して引き取ってもらう」

「うーん、親に紹介するのはまだ早いかなって。アタシたち、まだ子供も作ってないし」

「子供ができてからじゃ、紹介じゃなく最終通告だろうが！」

もはや結婚まで秒読みステージ、親も反撃のしようがない。

真帆が元気に自己紹介する。

「えっとね〜、アタシは真帆！　高校一年生で〜、センパイの恋人だよ！」

「情報が薄いし根本的に間違ってる！」

「別にいいでしょ？　これからお互いのこと、いっぱい知っていけば……ね？　二人で寄り添って歩いていく道の中で……ね？」

目を潤ませて綺麗事《きれいごと》を語ってくるが、煙《けむ》に巻いているだけだ。才人の情報はプライベートなところまで掴《つか》まれているのにフェアじゃない。

「アタシ、今日転校してきたばっかりだから、この学校のこと全然知らないんだよね。だからセンパイに案内してもらいに来たの！　引き受けてくれてありがとう！」

「引き受けるって一言も言ってないからな。クラスメイトにでも頼め」

「なんか、クラスの女子にはそっこー嫌われちゃってるんだよねー。アタシこんなにかわいーのに、変だよね〜？」

「ああ……」

しきりにウインクしてアピールしてくる真帆に、才人は納得する。これは男子からお姫様扱いされても、女子に毛嫌いされるタイプだ。

自業自得だけれど、才人もクラスに特定の友達がいるわけではないし、朱音《あかね》も陽鞠《ひまり》以外からは距離を置かれているので、他人事《ひとごと》とは思えない。まだ小学生の頃は、才人も仲良しグループに入れてもらえないことに疎外感を覚えたものだ。

「分かった。案内するぐらいなら、いいぞ」

「アタシが可愛いから!?」

「可哀想《かわいそう》だからだ」

「つまり愛!?」

「愛はない」

「カラダだけの関係!?　最初はそれでもいいかな!」

「良くない。お前、ポジティブすぎてうざいって言われないか?」

真帆《まほ》はぴょんぴょん跳ねる。

「言われる言われるー!　センパイってアタシのこと詳しいね!　もしかしてアタシのストーカー!?」

「今日転校してきたヤツのストーカーに、どうやってなるんだ」

「そこはセンパイが工夫してよ!」

「どんなに工夫しても無理なものは無理だ」

天才を自認する才人《さいと》も、時空を超える才能は持ち合わせていなかった。

さっさと歩き出す才人の隣に、真帆が並ぶ。

「とりあえず、職員室と校長室の場所は覚えておいた方がいいな。お前はしょっちゅう呼び出されそうだし」

ドヤ顔でうなずく真帆。

「そうだよね、先生たちもかわいーアタシといっぱいおしゃべりしたいよね」

「お前は虹色の夢の世界で暮らしているのかな」

「もちろんだよ。そしてセンパイもこれから夢の国の王子様になるんだよ」

「勘弁してくれ……」

才人はもっと地に足をつけて生きていたかった。

一人で十人分騒がしい真帆を連れ、校舎を一階から巡る。

特別教室を順に紹介し、事務室や放送室などの場所も教える。転校してきたばかりだというのは事実らしく、真帆は熱心に耳を傾けてマップを覚えようとしている。

「はいはいっ、質問！ センパイといちゃいちゃしたいときは、どの教室を使ったらいいんですかっ！」

「俺とお前がいちゃいちゃする未来はないから、その質問に答える必要はないな」

「未来はあるよ！ 二人の輝かしい未来が！ もしかしてセンパイはみんなに見られながらする方が燃えるタイプなの!? アタシ幻滅だよ！」

「存分に幻滅してくれ」

その方が手間が少ない。

「うそうそ！ 幻滅なんてしませーん！ 残念だけど大好きでーす♪」

「コイツ……」

才人は真帆を放置して走り去りたい衝動に駆られるが、腕にしがみつかれていて逃げられない。

そこにいるだけで場が華やぐ派手な容姿の真帆《まほ》は、放課後の校内で注目を集めていた。通りすがりの男子生徒たちが、立ち止まって真帆に見とれている。彼女なら恋人候補はよりどりみどりのはずだ。

こんな少女が転校初日に告白してくるなんて、明らかにおかしい。なんらかの意図が隠されていると考えるべきだろう。

「お前、どうして俺に告白したんだ？」

他の生徒たちに聞こえないよう、才人《さいと》は小さな声で真帆に尋ねる。

「えー？　一目惚《ひとめぼ》れ、かな？」

真帆は照れくさそうに肩を縮めた。

「はぐらかすな。俺はそんな美形じゃない」

才人がありのままの自己評価を告げると、真帆は才人の前に回り込んだ。腰の後ろに手を組み、近くからまじまじと才人の顔を眺める。

「な、なんだ……？」

「うーん……見た目は格好《かっこ》いいと思うよ。……見た目はね」

「それはどうも」

才人は耳が熱くなるのを感じた。

だが気になるのは、「……見た目はね」と付け加えたときの真帆の表情だ。一瞬だけ悪意というか、影のようなものがよぎった気がしたのは、錯覚だろうか。

この少女の言動を、表面だけで判断するのは危険だ。極秘情報を握られてしまっているし、なにを企《たくら》んでいるのか突き止める必要がある。

才人が思案しながら階段を下りていると、隣から真帆の姿が消えていた。

「センパーイ！　ほらほらっ、見て見てー！」

いつの間にか、真帆が階段の頂上で手すりに腰掛けている。才人が止める暇もなく、真帆は手すりに腰掛けたまま、一気に滑り下りてくる。風を切って長い髪がなびき、スカートが激しくはためく。

「危ねえよ！」

バランスを崩して転がり落ちそうになる真帆を、才人は反射的に抱き止めた。

腕の中に真帆の体が飛び込んでくる。予想以上に華奢《きやしや》で脆《もろ》く、雲の欠片《かけら》のようにやわらかい。

真帆はけらけらと笑いながら、才人の顔を見上げる。

「ナイスキャッチ、センパイ！」

「ナイスキャッチじゃない！　なにしてるんだ！」

「これ、一度はやってみたかったんだよねー！　普通に歩いて下りるより、こっちの方が速くない？」

「速いけど、怪我《けが》したらどうするんだ！」

「そこはほらー、センパイが助けてくれるって信じてたし！」

「今日会ったばかりの人間を、どうやって信じるんだ……」

信頼とは実績の積み重ねによって生じるものであり、根拠のない信頼はただの思い込みだ。

「それにさー、やりたいと思ったことは全部やってみなきゃ、もったいなくない？　人間なんて、いつ死ぬか分からないんだしさ」

「まあ、一理はある……」

しかし、真帆《まほ》みたいに元気いっぱいな女子高生の口から出てくる言葉にしては、達観しすぎていて違和感もある。

「でしょでしょっ？　だからー、センパイのこと好きって思ったら、すぐに告白しなきゃでしょ？」

「それは話が別だろう」

「じゃあセンパイは、好きな相手に告白しないまま卒業して、大人になって二十年くらい経《た》ってから『ああ、あのとき告白しておけば……』なんて後悔してもいいの？」

真帆が才人《さいと》の目を覗《のぞ》き込《こ》んでくる。

「好きな相手はいないから分からん」

鈍い痛みと共に浮かぶのは、名前も聞かずに別れてしまった「あの子」の姿。せめて連絡先でも交換しておけば、もっといろんなことを話せたかもしれないのに。

「好きな人がいないなんて、つまんない人生だねっ♪」

「お前な……」

「一緒に暮らしてるのに、朱音《あかね》センパイのこと好きじゃないの？」

才人は言葉に詰まった。

もちろん、相手は天敵の女子なのだから、好きではない。けれど、嫌いと単純な一言で済ませてしまうには、二人は複雑で濃密すぎる時間を過ごしている。

返答に戸惑う自分のことを、才人は意外に感じた。少し前までなら、なんのためらいもなく答えられたはずなのに。

「あれは……好きとか嫌いとかいう問題じゃない」

「ま、そうだよね。家の事情ってヤツだもんね」

しきりにうなずく真帆。

いったいこの少女はどこまで状況を把握しているのだろうかと、才人は不安を覚える。祖父母の命令で無理やり結婚させられていることまで知っているのだろうか。

「じゃーさ、じゃーさ。アタシと思いっきり恋しよーよ！　そっちの方が絶対たのしーよ！」

真帆《まほ》は才人《さいと》に飛びつき、腕を絡めてきた。才人の腕を包み込む制服が、甘く匂う。長い髪が踊り場の陽光にきらめきながら擦りつけられる。

生意気なことばかり言うし、裏がありそうで油断のできない少女だが、才人は不思議と真帆を憎めなかった。出会って間もないのに、なんだか馴染《なじ》み深《ぶか》い空気を感じる。

「あんまりくっつくな」

「コーフンしちゃうから？」

からかうように真帆が訊《き》いてくる。

「興奮はしない」

「はい、うそー！　こんな美少女にくっつかれて、コーフンしないわけないじゃん。センパイって童貞っぽいし、ドキドキしちゃうよね？」

「童貞だということは認めるが、ドキドキはしない」

などと否定しつつも、才人の体温が上昇しているのは間違いない。

それを充分に理解しているのだろう、真帆はにまにまと笑っている。

「センパイには学校の案内してもらったし、お礼に街でスイーツ奢《おご》ったげるよ！」

「お礼なんて要らん」

人の世話をするのは慣れている才人だ。とりわけ真帆みたいな甘えん坊の年下は、身近に糸青《しせい》という前例がある。

「アタシに借りを作らせておいて、もっとすごいこと要求するつもり!?」

真帆は自分の体を抱き締めて後じさった。

「すごいことってなんだ」

「地球のエネルギー問題の解決とか！」

「解決できたらすごいな」

「五十億人ぐらいが頑張って発電機漕《こ》いだらエコなんじゃないかな？」

「五十億人が可哀想《かわいそう》すぎる」

「でも現実の格差もそんなもんじゃないですか？　センパイ」

「急にシビアな話を始めるのやめてくれるか？」

一見、頭が悪そうな言動が目立つ少女だが、実は案外賢いのかもしれない。この少女はなかなか底が見えない。

「てゆーか、学校の近くの商店街は行ったことないから、センパイに案内してほしいんだよね。クラスの可愛《かわい》い女の子たちと仲良くなるためにも、美味《おい》しいスイーツのお店知っておきたいし。だめ？」

つぶらな瞳を瞬《しばた》き、上目遣いで真帆がアピールしてくる。兄歴の長い才人としては、妹《シセ》のような年下の少女におねだりされるのは弱い。

「……仕方ないな」

「やったー！　センパイとデートだー！」

真帆《まほ》が大喜びで才人《さいと》の腕にむしゃぶりつく。

「デートではない」

「デートだよ～。恋人同士で遊びに行くんだから～」

「まず恋人同士ではないからな」

「あれだけ愛し合ったのに、センパイ……記憶が⁉」

「人を勝手に記憶喪失にするな」

「あの日みたいに頭をバットでフルスイングしたら、記憶が戻るかな⁉」

「記憶喪失の原因、お前かよ！」

真帆は才人の腕を引っ張って、階段を駆け下りていく。

まるで弾丸のように勢い任せで、生命のエネルギーに溢《あふ》れている。生まれてから一度も風邪すら引いたことがなさそうだ。

二人は学校を離れ、近くの商店街へ向かった。

半ば無理やりとはいえ、頼られたからには期待に応えるのが年長者の務め。真帆がクラスの女子たちと親交を深めるにはどの店が良いだろうかと、才人は真剣に思案《しせい》する。

才人もお洒落《しゃれ》な店をたくさん知っているわけではないが、学校帰りに糸青《しせい》と寄った店や、朱音《あかね》の接待用に調べた店がいくつかある。その中からクオリティとコストパフォーマンスを比較し、厳選した店へと真帆を連れていく。

才人はスイーツショップの前で足を止めた。

「ここなんかはどうだ？　フルーツをたっぷり使ったケーキとかゼリーとか、低カロリーでヘルシーなメニューが揃《そろ》っていて、うちの学校でも人気らしいぞ」

「ねーねー、センパイ！　そんなのよりハンバーガー食べよーよ！」

真帆は向かいのファストフード店を指差した。

「スイーツショップを紹介してくれって言ってたろ！」

才人は脱力感を覚えた。

「そうだけど～、ぶっちゃけヘルシーなスイーツより、バーガーの方が美味《おい》しくない？」

「まあ……俺もそっちの方が好みだが……」

そもそも甘いモノは糸青や朱音に合わせて食べているだけで、そこまで好きではない。才人が自由に選べるのなら肉が良いに決まっている。

「でしょでしょっ？　この新メニューとか良くない？　ビフテキとんかつピザバーガーだって！」

二人は店先のポスターを眺める。

「ものすごく頭が悪そうなメニューだな」

「一口で知能指数が下がりそうだよね～。どーよ？」

真帆《まほ》が悪い顔で片目をつぶって、店内を親指で示す。

「行くか！」

「やっほーい！」

才人《さいと》たちは当初の目的をかなぐり捨て、ファストフード店に突入した。

二人してビフテキとんかつピザバーガーとポテトとコーラ（無論カロリーオフではない）を注文し、窓際のテーブルに陣取る。

トレイに載っているバーガーは、ポスターの見本をしのぐ迫力だった。

バンズのあいだに、ビフテキ、とんかつ、ピザがそのまま挟まれ、今にもこぼれ落ちそうになっている。タンパク質と脂質と炭水化物に栄養素が傾倒した、カロリーのモンスターである。

「これは……とんでもないな」

才人は固唾《かたず》を呑《の》んだ。

「あれれ～？　センパイ、ビビッちゃったの？」

バカにしたような目で、真帆が才人を見やる。

「まさか。お前こそ、途中で弱音を吐くんじゃないぞ？」

「このくらい楽勝だよ～。いただきまーす！」

　両手でバーガーを抱える真帆。口元が汚れるのを気にもせず、思い切りよくかじりつく。感極まったように肩を震わせ、ぱたぱたと足を動かす。

「ん〰〰〰っ！　おいし〰〰〰〰っ！」

「じゃあ、俺も……」

　才人は巨大なハンバーガーに喰《く》らいついた。

　ピザからチーズとトマトソースが溢《あふ》れ、芳醇《ほうじゅん》な味わいで舌を喜ばせる。軽やかに仕上がった衣と、確かな歯応えの豚ロース。ビフテキからガーリック風味の肉汁が染み出し、ハイブリッドな旨味が脳髄《のうずい》を貫く。

　混沌《こんとん》の中に秩序のある、カオスのコンビネーション。

　自分は今、肉食獣になっている――そんな原始の悦楽を与えてくれる、ジャンクフードの帝王だ。貪るほどに、無限の闘志と飢餓感が湧き出てくる。

「コイツは……たまらないな」

「イイよね～！　十個くらい食べられそう！」

「さすがに太るんじゃないか？」

「アタシ、いくら食べても太らない体質なんだよね。ダイエットなんて都市伝説だと思ってるってゆーか？」

　真帆が得意気に肩をそびやかす。言葉通り首も腕も恐ろしく細くて、脂肪の欠片《かけら》もない。

けれど女の子らしい丸みや膨らみはしっかりあるのが恵まれすぎている。

「全世界の女子に殺されるぞ」

「そのときはセンパイが守ってくれるんでしょ？」

「俺は遠くから見守っておくよ」

「そーゆーの見殺しって言うよね？」

「お前なら強く生きていける」

「アタシはか弱い女の子だよー」

真帆《まほ》がストローをくわえ、砂糖をふんだんに使ったコーラを一気にすする。そして再び、テンポ良くバーガーにかぶりつく。

異次元に食糧を吸い込んでいくような糸青《しせい》の食事には恐怖を覚えるが、この少女の食べっぷりは健康的で、見ていて気持ちが良かった。

「はー、やっぱジャンクフードさいこー！」

「ヘルシーなものもいいが、味に特化した料理もいいよな」

「カップ麺とかも好きなんだけど、家で食べてたら叱られるんだよねー。もっと体にいいもの食べないとダメよって」

「俺も家にうるさいヤツがいてな……。カップ麺を買い溜《かだ》めしておくと、すぐにガミガミ怒鳴ってくるんだ」

真帆が唇を尖《とが》らせる。

「いーじゃんねー、カップ麺くらい。麺とかお菓子みたいで、舌が痺《しび》れるくらい味が濃くて、化学調味料～って感じのが食べたくなるんだよー」

「分かる。化学調味料は人類の叡智《えいち》の結晶だよな」

才人《さいと》はうなずいた。案外、この少女とは気が合うかもしれない。

真帆は頬《ほお》を赤らめて手で押さえる。

「もちろん、おねーちゃんがアタシのこと考えて言ってくれてるってのは、知ってるんだけどね」

「お前、姉がいるんだな」

「意外？」

「いや、まったく。全体的に妹っぽい」

「可愛《かわい》いところとか!?」

目をきらめかせる真帆。

「すぐ調子に乗るところとか」

「でも、センパイも可愛いと思うでしょ？　ね？　ねっ？」

真帆はテーブルに身を乗り出して、ぐいぐいと迫ってくる。

「そういう図々《ずうずう》しいところも妹っぽい」

「しーちゃんも図々《ずうずう》しいの？」

「俺の妹は世界一図々しい。が、世界一可愛《かわい》いので問題ない」

才人《さいと》は確信を持って言い放った。

「シスコンだね～！　でもね、世界一可愛いのは、うちのおねーちゃんだよ！」

真帆《まほ》は対抗心を剥《む》き出《だ》しにした。

「お前もシスコンじゃないか」

「アタシのおねーちゃんは、カンペキだからね！　めちゃくちゃ優しいし、気配りのプロだし、いつもオトナの余裕でアタシのこと包み込んでくれるってゆーか！」

朱音《あかね》とは正反対だ、と才人は羨ましく思った。

「よっぽどいいヤツなんだな。俺も一度会ってみたい」

「おねーちゃんはあげないよ？」

「欲しくない。お前があんまり褒めるから、どんなヤツなのか気になっただけだ」

「センパイも会ったことはあるはずだけどな～」

「同じ高校か？」

真帆の姉ということは、結構な美少女のはずだ。そんな女子生徒、うちの高校にいただろうかと才人は首を捻《ひね》る。思い当たるのは陽鞠《ひまり》くらいだが、彼女に妹がいるなんて聞いたことはない。

「んー、まー、同じ学校だけど。……って！　アタシとデートしてるのに他の女の子の話をするなんて、サイテーだよセンパイ！」

真帆はテーブルを掴《つか》んで才人を睨《にら》んだ。

「唐突にキレるな。お前が姉の話を始めたんだろうが」

「えー、そうだっけー？　全然記憶にないなー」

「ニワトリか！」

「センパイ、指にソースついてるよ♪　アタシが綺麗《きれい》にしてあげる♪」

真帆がはむっと才人の指先をくわえてくる。

「……!?」

突然のことに、身をこわばらせる才人。

真帆は才人の指に舌を絡め、ちゅーちゅーと吸いつく。ぬめらかな舌の感触と、愛くるしい唇の感触が、甘い檻《おり》のように指を捕らえる。

数秒、才人の反応が遅れた隙に、真帆が自分たちに向かってスマートフォンを構え、ピースサインを作った。

連続のシャッター音。才人は我に返って指を引き抜く。

「なにをする!?」

「なにって、お掃除だよー。アタシに舐《な》めて綺麗にしてもらえるなんて、センパイだけなんだからね？　感謝してね♪」

直前まで才人《さいと》の指を吸っていた唇を、真帆《まほ》がぺろりと舐《な》める。舌先の艶《あで》やかな動きに、才人は卑猥《ひわい》なものを感じる。

「誰も頼んでいない！　なぜ写真を撮る!?」

「アタシとセンパイのラブラブな思い出を残すためだよ」

「ラブラブじゃないからな！　今すぐ消せ！」

「きゃー♪　センパイに襲われる～♪」

才人がスマートフォンを取り上げようとすると、真帆は笑いながら逃げ出した。ファストフード店から商店街の通りに飛び出し、瞬く間に姿を消す。

「くそっ……どこに行った!?」

才人は大急ぎで店を出て、辺りを見回した。

万が一、あの写真が流出して、朱音《あかね》や天竜《てんりゅう》の手に渡ったら大問題だ。真帆は動機も思考パターンも読めないから、なにをするか分からない。

ひょっとしたら、北条《ほうじょう》グループの次期当主の座を狙っている親族が、才人の結婚を破綻させるために真帆を送り込んだのかもしれない。

焦燥感に駆り立てられて走る才人。

だが、すぐに真帆は見つかった。横道に入ったところで地面にへたり込み、はぁはぁと息を切らしている。

「ここにいたか……」

また逃げ出さないかと警戒しつつ、才人は真帆ににじり寄る。

「女の子を追い詰めてはぁはぁ言わせるなんて、センパイの変態……」

「お前が勝手に走ったんだろうが！　写真、消してもらうぞ」

「ううっ、仕方ないなぁ」

真帆は才人に見せながらスマートフォンを操作し、写真のデータを削除する。

「バックアップは取ってないよな？」

念のため、才人は確認しておく。

「そんなことするヒマなかったよー」

「じゃあ、よし。商店街の案内、続けるぞ」

「えっ？　アタシのこと、怒ってないの？」

真帆は目を丸くした。

「別に怒ってはいない。その写真が残っていると困るだけだ」

年下の少女の行動にいちいち腹を立てていたら、宇宙から来たプリンセスのような糸青《しせい》の兄は務まらない。

「ふーん……。朱音センパイとはいつもケンカばっかりしてるってみんな言ってたのに、心広いんだ……」

「俺は朱音《あかね》以外のヤツとは滅多《めった》にケンカしないぞ」

心静かに暮らしたいだけの才人《さいと》としては、自分の方から他人と揉《も》めるメリットなど存在しない。

「朱音センパイとはよっぽど相性が悪いってコト？」

「ああ……アイツは俺の天敵だからな……」

高校入学から絶えない争いの数々が、才人の胸を去来《きょらい》する。

「なのに一緒に暮らさなきゃいけないなんて、大変だね。……別れたい？」

真帆《まほ》が才人の目を見据えて問いかける。

「別れるわけにはいかないんだよ。いろいろ事情があるんでな」

才人は肩をすくめた。


ゲームセンターやアクセサリーショップ、カラオケにカフェなど、真帆の社交に必要な店を一通り案内する頃には、日も傾いていた。

商店街の表通りを歩きながら、真帆が伸びをする。

「ん～、楽しかった～！　やっぱ日本もいいね～！」

「お前、日本人じゃないのか？」

才人は真帆の横顔を眺める。その辺では見かけないレベルの整った容姿だが、糸青《しせい》のように欧米の血が入っている感じではない。

才人の疑問には答えず、真帆が笑う。

「センパイって、エスコートめっちゃ上手だね！　大満足だよ！」

「それなら良かった」

素直に喜んでもらえると、才人も貴重な自由時間を捧《ささ》げた甲斐《かい》がある。少し鬱陶しいがノリの良い真帆と散策するのは、苦痛ではなかった。

真帆が才人に肩をぶつけ、横目で見やる。

「もしかしてセンパイって、実はデート慣れしてる？　ヤリチン？」

「女の子がそういう言葉を使うんじゃありません」

「あー、やっぱそーなんだー♪　朱音センパイだけじゃなくて、いろんな女の子と遊びまくってるんでしょー？」

才人は耳朶《じだ》が熱を持つのを感じる。

「単純に妹と遊んでいるだけだ」

「はいはい。そーゆーことにしとくよ」

訳知り顔にうなずく真帆。

色恋沙汰にほとんど興味のない才人《さいと》としては、不本意すぎる疑惑だ。愛だの恋だのといった正体不明のものに翻弄されるぐらいなら、心穏やかに本でも読んでいた方が効率的だと思う。もし恋愛至上主義者だったら、結婚の強制にも断固として抵抗していただろう。

商店街の入り口で、才人は立ち止まった。

「じゃあ、俺はここで。家への帰り方は分かるよな？」

「え？　まだ帰らないよ？　アタシはセンパイの家についてくよ？」

真帆《まほ》はきょとんとした。さも当然といった口ぶりだった。

「は……？　案内はもう終わっただろ」

真帆は肩をくねらせてもじもじする。

「でも、終電逃がしちゃったし……」

「まだ夕方だが!?」

「ここの終電は午後三時なんだよ！」

「どこの限界集落だ！」

「デートのラストは彼の家でえっちが常識でしょ!?」

「そんな常識はない！」

少なくとも才人の知る世界の常識ではない。

才人は立ち去ろうとするが、真帆が腕にしがみついて足を踏ん張る。

「やり逃げされたって叫ぶよ!?」

「やってもいないのに!?」

「デートやり逃げだよ！　センパイのバカ！　かいしょーなし！　いんぽてんつー！」

「ちょっ……」

周囲の通行人たちの注目が集まり、才人は焦った。

見目麗しい少女を振り払って逃げようとしている男に対し、人々の視線は厳しい。写真でも撮るつもりなのか、スマートフォンを構えている者もいる。交番の前の警官も、やたらと才人たちの方を見ている。

「なにが……目的だ……？」

才人は真帆に顔を寄せ、声を潜める。

「センパイの赤ちゃんだよ……」

真帆がささやき返す。

「悪いな、俺には子供はいないんだ……」

「これから二人で作るんだよ……」

真顔である。

男なら誰もが目を奪われる美少女からのお誘いとはいえ、今日会ったばかりの相手。才人は恐怖を感じた。まずもって真帆の狙いが読めないのが最大の脅威だ。

真帆《まほ》が才人《さいと》の耳に唇を触れさせながら、甘ったるくささやく。

「センパイ、いいのかなぁ……？　朱音《あかね》センパイと一緒に暮らしてること、アタシが学校でみんなに発表しちゃっても……？」

「脅迫か……」

「やだなぁ、脅迫じゃないよ～。取引だよ～」

くすくす、と真帆が魔女のように笑う。

「大好きな彼氏のおうちに行ってみたいって女の子のささやかな願い、優しいセンパイなら叶《かな》えてくれるよね……？」

一見、可愛《かわい》いおねだりだが、「さもないと殺す」というオーラが全身から立ち上っているせいで、まったく可愛げがない。

コイツは天災である。

「くっ……好きにしろ」

「わーい♪　センパイだいすきー♪」

真帆はこぼれるような笑顔で才人に腕を絡めた。それが愛情表現ではなく拘束だということは、込められた力からはっきりと伝わってくる。

この状態の真帆と朱音が鉢合わせするのは最悪だ。潔癖な朱音は憤慨し、離婚騒ぎになるかもしれない。こうなったら、自宅には向かわず歩き回って疲れさせるしかない。

そう考えた才人は、自宅とは正反対の方向に進もうとした。

真帆が立ち止まる。

「センパイ？　どしたの？　センパイの家は、こっちじゃないよね？」

「俺の家を知っているのか……？」

才人は寒気を覚えた。

真帆は明るく言い放つ。

「当たり前じゃん。好きな人の家くらい、先に調べとくのがフツーでしょ？」

「それはストーカーの普通だな……」

「センパイの電話番号も知ってるよ」

「誰がバラした!?」

「センパイのマイナンバーも知ってるよ」

「個人情報！」

才人は糸青《しせい》に連絡して朱音を連れ出してもらっておこうと思い、スマートフォンの入っているポケットに手を伸ばす。

が、その手を真帆がぎゅっと握った。

「センパイ？　アタシとデートしている最中に、他の女に連絡なんかしないよね？」

「なぜ分かった……？」

才人《さいと》の背筋に冷や汗が流れる。

やはりバカっぽいのは見た目だけ。この少女は策士だ。

「センパイのことはなんでも分かるよ～♪　だって愛してるから！」

「これが愛だというのなら、俺は愛を全力で拒絶する！」

「またまた～、センパイってば照れ屋さんなんだから～♪」

真帆《まほ》は才人の右手と左腕を拘束し、へばりつくようにして密着度を高めてくる。

こんなレベルの美少女にくっつかれるのは男だったら垂涎《すいぜん》モノだろうが、才人の心臓を鳴らすのは恋の鐘ではなく生命への警鐘だ。

そうしているうちに自宅に着いてしまい、真帆が勝手にインターホンを鳴らした。

中から足音が近づいてきて、朱音《あかね》が玄関のドアを開く。

「遅かったじゃない。なにして……」

言いかけるが、才人と真帆の姿が視界に入り、目を見張る。

真帆は才人に腕を絡め、しなだれかかるようにして立っている。たとえ形ばかりの結婚といえど、配偶者のところに帰るには最悪の状況。

「ど、どういうこと……？」

朱音が肩をわななかせた。

どうすればよいかと、才人は思考を疾駆させる。

我が家の事情を知られて脅迫されていると、正直に打ち明けるべきか。それだけでこの状況を納得してもらえるだろうか。そもそも、激怒した朱音がまともに釈明など受け入れてくれるのか。

「朱音、落ち着いて聞いてくれ。これはだな……」

才人が説明しようとしていると、朱音が叫んだ。

「どうして、才人が妹と一緒にいるの!?」

「……は?」

口を半開きにする才人。

「妹って……誰のだ?」

「私のよ! その子は桜森《さくらもり》真帆! 本人から聞いてないの!?」

「桜森……?」

才人は真帆に視線をやる。言われてみれば確かに、顔立ちや雰囲気はどことなく朱音に似ている。だが、まさか。

「あーあ、バレちゃった♪」

桜森真帆は悪戯《いたずら》っぽく舌を出した。

でねっでねっ
もうすぐ真帆が日本に帰ってくるの！
楽しみだけど私が朱音に構ってもらえなくなりそうだなく
ありえないわ！
私は陽鞠が大好きだもの！
私も大好きだよ♥
うふふ
付き合ってるの…？
付き合ってるな…

第二章
『姉妹』
episode2

「おねーちゃーんっ!!」

「きゃ――!?」

真帆《まほ》が弾《はじ》かれたように突進して朱音《あかね》に飛びつく。

朱音が勢い余って尻餅を突き、そこに真帆がむしゃぶりつく。

「ただいまただいまただいまーっ！　超超超超久しぶり！　会いたかったよー！　ぎゅーってしたかったよーっ！」

「ま、真帆……手加減して……」

力任せに抱きすくめられ、朱音の顔が血の気を失っていく。手の平は既に玄関の床をタップしてギブアップを宣言している。

真帆は朱音の胸に顔をうずめ、うっとりと深呼吸する。

「すぅ……はぁ……。おねーちゃんの匂い……いい匂い……」

「もう……。真帆ったら、甘えん坊ね」

「おねーちゃんにだけだよぉ……撫《な》で撫でしてぇ……」

「仕方ないわね。よしよし」

朱音《あかね》が真帆《まほ》の頭を優しく撫《な》でる。

――これは……なんだ……？

玄関の外かつ蚊帳の外の才人《さいと》は、困惑する他ない。

こんな聖母みたいな顔の朱音は見たことがないし、本当に朱音なのかどうか疑わしくなるレベルだ。

真帆もさっきまでの生意気な態度は嘘《うそ》のように、ただ朱音にすりすりするだけの生き物になってしまっている。しかしそのスキンシップは、仲良しの姉妹の領域を若干越えている感じもする。

真帆は朱音の胸に頬《ほお》ずりするだけでは飽き足らず、服の上から揉《も》み始める。

「おねーちゃんのおっぱい、やーらかーい。また大《お》っきくなってるー」

「な、なってないわよ……」

才人に触れられたときは指一本だろうと激怒する朱音が、真帆のセクハラには抵抗もせず、じっと堪えている。才人は世界の不平等を改めて痛感する。

「なってるよ～。おねーちゃんのおっぱいの大きさは、アタシのカラダが覚えてるもん」

「も、もう……。才人が見てるから……」

「見てなかったらいいのかなぁ～？　ほれほれ～♪」

調子に乗った真帆が、変質者のように朱音の胸をつつく。

「ひゃん!?」

朱音《あかね》は肩を跳ねさせた。

「あーん、おねーちゃんかわいーよー！　やっぱりガマンできない！　直接揉《も》む！」

真帆《まほ》は朱音の上にのしかかり、ブラウスのボタンを引きちぎろうとする。

「いい加減にしなさいっ！」

業を煮やした朱音が真帆を突き飛ばした。

玄関に倒れ込む真帆。弱々しく起き上がりながら、涙目で朱音を見やる。

「うー、痛いよぉ、おねーちゃん……」

「あっ、ご、ごめんっ！　怪我《けが》しなかった?」

朱音がうろたえる。

「なんてね！　ウソでしたー！　加減してくれたから全然痛くないよー！」

真帆は再び朱音に抱きつく。

「あんたねえ……」

朱音は拳を震わせながらも、真帆を振り払おうとはしない。明らかに才人《さいと》の知っている朱音とは違って穏健派すぎる。

姉妹の再会に圧倒されていた才人だが、気になったことを尋ねる。

「朱音には妹が二人いたのか?」

「え？　私の妹は一人だけよ？」

「そーだよ！　おねーちゃんの妹はアタシ以外要らないんだよ！」

不思議そうな朱音に、しがみつく真帆。

「だが……朱音の妹はもう……亡くなってるんじゃ？」

目の前にいる少女はいったいなんなのか。幽霊だとしたら、あまりにも姿がはっきり見えすぎている。

「私、亡くなったなんて一言も言っていないわよ」

「とっても遠いところにいるから会えない、って悲しそうに言っていたじゃないか」

「海外旅行してるからねっ！」

「海外……旅行……？」

「そー！　可愛《かわい》いアタシがおねだりしたら、おばーちゃんがいっぱいお小遣いくれたの！　だから中三のときから旅行しまくってて、日本に帰ってくるのは久しぶりなの！」

真帆は元気にVサインを突き出した。

才人は脱力した。

「マジか……」

朱音が亡くした妹のことを懐かしんで落ち込んでいるものだと思ったから、二人でのお出かけを計画したり、その後ガラにもなく指輪をプレゼントしたり、朱音が指輪をなくして必死に捜し回ったりと、いろいろ大変だったのだ。

だというのに、すべてのきっかけが才人《さいと》の勘違いだったとは。お陰で朱音《あかね》との関係が改善されたから、結果としては良かったのかもしれないけれど。

「でも、全然イメージと違うな。朱音の話を聞いていた感じ、おしとやかで素直で可憐《かれん》な病弱少女だと思っていたんだが……」

才人は真帆《まほ》の頭のてっぺんから爪先まで、まじまじと眺める。

「えー？　アタシ、おしとやかで素直で可憐でしょっ？　ほらほらっ！」

両頰《りょうほお》に人差し指を当て、挑発するように笑う真帆。可愛《かわい》らしいのは間違いないが、小憎らしさの方が勝っている。

「いいか、おしとやかなヤツは、手すりを滑り台代わりにしたり、姉を固め技で窒息死させようとしたりはしないんだ」

「おねーちゃんに固め技なんてかけないよー。さっきのはただのセクハラだよ！」

「真帆!?」

愕然《がくぜん》とする朱音。

「堂々と認めるんだな……」

真帆は腕組みして誇らしげに告げる。

「まーね！　姉にセクハラを仕掛けるのは、妹の基本的人権だから！」

「どこの国の憲法にその人権は載っているんだ」

「真帆国憲法だよ！」

「ああ……お前のお前によるお前のための国か……」

世界のフリーパスを持っていると豪語する糸青《しせい》と良い勝負だ。やはり妹という存在は思考パターンが共通しているのかもしれない。とりわけ糸青や真帆のように、極めて容姿に優れた少女たちの場合は。

「あのね……真帆。セクハラっていうのは、してはいけないことなのよ？」

義務教育よりも当たり前のことを、朱音が教える。

が、真帆は無邪気に目をぱちくりさせて、小首を傾《かし》げる。

「なんで？」

「な、なんでって、相手が嫌がるからよ」

「アタシに触られるの、おねーちゃんはイヤなの……？」

「イヤってわけじゃないけれど……」

「ごめんね、おねーちゃん……。おねーちゃんに嫌われたくないから、もう触らない……。

大好きなおねーちゃんにくっつきたいだけだったんだけど、ガマン、するね……」

丸めた手を口元に添えて涙ぐむ。

そんな妹の反応に、朱音が慌てる。

「ちょ、ちょっと、泣かないで！　大丈夫だから！　ガマンしなくていいから！」

「ホント……？　アタシ、おねーちゃんに触ってもいいの……？」

「いいに決まってるでしょ！」

「おっぱいも、触っていいの……？」

ためらう朱音《あかね》。

「え、えっと……少しぐらいなら……」

「揉《も》んでも、いいの……？」

「さすがにそれは……」

「おねーちゃん……」

真帆《まほ》が朱音の腕にすがりついて、身を震わせる。その寄る辺ない姿、破壊力の高すぎる妹モードに、朱音の姉メーターが振り切れるのを才人《さいと》は目撃した。

「あーもー、いいわよ！　好きなだけ揉みなさい！」

「やったー！」

「きゃあああああ!?」

許可が出るなり、真帆は涙を一瞬で乾燥させて朱音に襲いかかる。市販のマッサージ機など比べ物にならない速度と精度で、朱音の胸を揉みしだく。

十分後、廊下の床には、真っ白に燃え尽きた朱音が転がっていた。

「……大丈夫か？」

才人《さいと》は近くに屈《かが》み込《こ》んで心配する。

「ダイジョウブヨ」

朱音《あかね》の目の焦点は合っておらず、まったく大丈夫な様子ではない。

真帆《まほ》はすっきりした顔で、気持ち良さそうに伸びをする。

「はー、充電かんりょーー！　久しぶりにおねーちゃんエネルギーを補給できたよー！　ずっと会えなかったからカラカラだったんだよねー！」

「お前は人の精気を吸う悪魔なのか」

「えっ？　アタシが悪魔レベルに可愛《かわい》すぎる⁉　分かるー！」

「お前はなにも分かっていない」

言葉すら通じていない。恐らくは真帆国語に都合良く変換されている。

「分かってるよー。アタシがおねーちゃんの胸ばっかり揉《も》んでたから、妬《や》いちゃったんでしょ？　安心して、おにーちゃんの胸も揉んであげるから！」

妖しく指を蠢《うごめ》かせて迫ってくる真帆から、才人は距離を置く。朱音のように干からびる末路は避けたい。

「結構だ。というか、急におにーちゃんってなんだ」

「おねーちゃんのダンナなんだから、アタシの義理のおにーちゃんでしょ？」

「まあ、そうだが……」

今までセンパイと呼んでいたのは、正体を隠すための偽装だったのだろう。なぜ正体を隠していたのかは不明だが、どうせ才人と朱音を驚かせたかったなどの愉快犯に決まっている。

「それに、おにーちゃんは美少女からおにーちゃんって呼ばれるのが嬉《うれ》しいタイプでしょ？ よだれ垂らして喜んじゃうでしょ？」

「さ、才人……？」

「そんなことで喜んだりはしない！」

朱音から恐怖の眼差《まなざ》しを向けられ、才人は断固否定する。この嗜好《しこう》についての誤解はあってはならない。後々の関係に亀裂が入る。

真帆が力強く拳を突き上げる。

「それじゃー、おねーちゃんとおにーちゃんの生活の調査を始めるよ！」

「調査……？ おばあちゃんから頼まれたの？」

朱音が怖々と訊《き》いた。

才人も身構える。もしこれが査察で、天竜《てんりゅう》や千代《ちよ》に情報が流れるのなら、一片のボロも出すわけにはいかない。

「別に頼まれてないよ。妹として、姉の夫婦生活については知っておかなきゃでしょ？」

「ふ、夫婦生活って……」

たじろぐ朱音《あかね》。

「とりあえず～、おねーちゃんの寝室をチェックかな！　もしおにーちゃんの寝間着とか落ちてたら、昨夜はおにーちゃんと一緒に寝たってことだし！　アタシってば名推理！」

真帆《まほ》が二階への階段を駆け上っていく。

「ま、待ちなさい！」

「待たないよ～♪　抜き打ちチェックなんだから！」

朱音が止めようとするが、真帆は止まらない。手当たり次第にドアを開け、寝室を発見して突入する。

「見っけー！　……って、なにこれ!?　枕もサイドテーブルも二つあるんだけど!?　ベッドのサイズも大《お》っきくない!?」

真帆は目を丸くした。

「ま、まあ、その……二人用だから……」

朱音が恥ずかしそうに身をよじる。

「二人用!?　まさか、毎晩二人で寝てるわけじゃないよね!?」

「毎晩よ……」

「どこまでヤッたの!?」

「なにもしてないわー！」

真帆が朱音の肩を掴《つか》んで揺さぶる。

「嘘《うそ》！ 絶対ヤッてるでしょ！ 毎晩一緒に寝てなにもないなんて、あり得ないもん！ わーんっ、おねーちゃんの処女がー！ 殺す！ おにーちゃん殺す！」

突撃してくる真帆。

才人《さいと》が回避すると、真帆は壁に激突して、したたかに鼻柱を打つ。涙目で振り返り、猛獣のごとく唸《うな》りながら才人を睨《にら》み据《す》える。

「今の瞬間、おにーちゃんは世界中の全真帆を敵に回したよ……」

「お前はいったい何人いるんだ」

「七十億人だよ！ 一人一人がかけがえのない真帆なんだよ！」

「すまん。なにを言っているかまったく分からん」

才人は本気で混乱していた。

「……で？ おいしかった？」

「……は？」

真帆が肩を怒らせる。

「おねーちゃんの初めてはおいしかった？ って聞いてるんだよ！」

「聞くな！」

「聞くよ！　せめて味を知りたいもん！」

「だからしてないって言ってるでしょー！」

朱音《あかね》が顔を真っ赤にして怒鳴った。

「ホントのホントに？」

「本当よ！　私と才人《さいと》は無理やり結婚させられただけ！　おばあちゃんたちの命令で同じベッドを使わなきゃいけないけど、えっちなことなんてするはずがないわ！」

真帆《まほ》が間近から朱音の目を覗《のぞ》き込《こ》んで尋問する。

「キスとかも、してないの？」

「当たり前よ！　そんな気持ち悪いことできないわ！」

「手を繋《つな》いだりとかは？」

「し、してないわ……」

目をそらす朱音。

二人でお出かけしたときに握った朱音の手の平の感触が、才人の中に蘇《よみがえ》る。朱音もそれを思い出しているのか、落ち着かない様子で手を握り締める。

「そっかー、おにーちゃんはこーんな可愛《かわい》い女の子と毎晩一緒に寝ても手を出せない、天然記念物級の甲斐性《かいしょう》なしなんだー」

「悪かったな……」

輝くような真帆の笑顔が、胸に痛い。

「やっぱり、立たないんですか……？」

なぜか気遣いに満ちた丁寧語だった。

「違う！」

「ごめんね、おにーちゃん……そうとは知らなくて……。傷つけることを言っちゃったね……ぷぷっ」

「今まさに俺は傷ついているんだがな！」

優しさを示したいなら、笑うのは最後まで辛抱してほしい。

「でも安心できないから、今夜はここに泊まって、二人の夜の営みを調査するね！」

「夜の営みなんてないわ！」

「今まではなかったかもしれないけど、これからもないかは分かんないでしょ？　寝ぼけてるときについうっかり～とか、イイ雰囲気になっちゃってそのまま～とか」

「才人とイイ雰囲気になんて、なるわけないじゃない」

真帆は口元に手を添え、じっとりした横目で朱音を見やる。

「えー、どうかな～？　おねーちゃんもおにーちゃんもルックスいいし～、お互いのえっちな妄想ぐらいしたことあるでしょ」

「ないわ」「ないな」

朱音《あかね》と才人《さいと》は即座に顔を背け合う。

——なぜ分かった……!?

才人は汗が噴き出るのを感じた。

これでも健康な男児、宿敵とはいえ朱音のように美しい少女と暮らしていたら、そういう方向に思考が行くのも避けられない。朱音とのいやらしい夢を見てしまったときは、後ろめたさで一日中まともに顔も見られなかった。

「だから変なコトにならないよう、アタシが見張っておいてあげた方が安全でしょ?」

「お前が一つ屋根の下にいる方が、俺は安心できないんだけどな!」

「えっ、えっ、それって、おにーちゃんがアタシを襲ってしまうかもってこと!? きゃー、おにーちゃんのケダモノ~♪」

いきり立つ朱音。

「才人!? 私の妹に手を出したら、麻酔なしで手足をもぎ取る手術をするわよ!?」

「それは手術じゃなくて拷問だ!」

この少女に医療技術を覚えさせたら大変なことになるのでは……と才人は危惧《きぐ》しながら後退する。いざとなったら全速力で我が家から撤退だ。

「おねーちゃん、お願い……。アタシ、久しぶりにおねーちゃんのごはん、食べたいなぁ……。おねーちゃんと一緒にお風呂入って、カラダ洗ってほしいなぁ……」

真帆《まほ》が瞳を潤ませ、しきりに瞬《まばた》きをして朱音にせがむ。

朱音はたまらず真帆を抱き締める。

「もちろんいいに決まってるわ！　いくらでも泊まって行きなさい！　ここは真帆の家よ！」

「わ〜い、おねーちゃん優しい〜♪」

真帆は朱音に抱きつき、こっそりと才人にあっかんべーをして見せる。してやったりという得意気な表情が腹立たしい。

「コイツ……」

才人は頬《ほお》を引きつらせつつも、真帆が朱音の陰に隠れているので家からつまみ出すこともできない。ドラゴンを盾にするのは卑怯《ひきょう》だ。

「とゆーわけで！　ここはおねーちゃんとアタシの家になったから、おにーちゃんは出て行かなきゃだよね！」

「いや俺の家でもあるからな!?」

さっそく自宅を乗っ取られそうになり、才人はすぐさま権利を主張する。やはり油断も隙もあったものではない。

「そうだっけ？　おねーちゃんとアタシは生まれたときからこの家で暮らしてるよね？」

「言われてみれば、確かにそうね……。あなた、誰……？」

真帆《まほ》と朱音《あかね》が不審者でも見るような目を才人《さいと》に向けてくる。姉妹二人で身を寄せ合って、襲い来る脅威にすくんでいる。

「急に知らない人のフリをするのはやめてくれるか？」

才人はつらい気持ちになった。ホームだったはずの場所がアウェイに変わるのは普通にホラーだった。

真帆が噴き出し、丸めた手で才人の胸をぽすぽすと叩《たた》く。

「じょーだんだよ、おにーちゃん。びっくりした？」

「びっくりというか、どっきりした」

「私は冗談のつもりはなかったんだけど……」

何気に朱音が怖いことを言っている。

――家のあちこちに自分の名前を書いておくべきかもしれないな……。

才人は既得権益《きとくけんえき》を確保する方法について真剣に検討した。実家からは半ば追い出されてしまっている身の上、この家がなくなれば路頭に迷う。

キッチンに入ると、朱音はエプロンをつけ、リボンを締めて気合いを入れた。

「それじゃあ、いっぱいおかゆを作るわね」

「夕飯に!?」

才人の考えるところの典型的な夕食とはだいぶ違った。もっと肉とか、肉とか、肉とか食べるのが夕食なのではないだろうか。

「ええ。せっかく真帆が帰ってきてくれたんだから」

優しく微笑《ほほえ》む朱音。

よほど真帆の好物なのだろうか、と才人は見やるが。

「おかゆは！　おかゆだけは許して！」

真帆は真っ青になって震えていた。

「あら、好き嫌い言わずに食べないとダメよ。おかゆはとっても体にいいんだから」

「好き嫌いは言わないからおかゆだけは！　おかゆだけはー！」

命だけはー！　みたいな必死さで朱音にすがりつく。

「なんでそんなにおかゆを嫌がるんだ？　毒でも入れられたことがあるのか？」

「入れないわよ！　私をなんだと思っているの!?」

「暗殺部隊……？」

「失礼ね！　月のない夜道に気をつけなさい！」

暗殺部隊らしさに溢《あふ》れた脅しだった。

「小さい頃、おかゆは寝込む度に食べさせられてたから、もうこりごりなんだよ……。味もあんまりしないし、のっぺりしてて糊《のり》みたいだし……」

「分かったわ」

「おねーちゃん……！」

朱音《あかね》がうなずき、真帆《まほ》が希望に顔を輝かせる。

「今日は特別に、梅干しも載せてあげる」

「そういう問題じゃなくて――!!」

あの小生意気な少女が半泣きである。

一日中振り回されてばかりだったが、今こそ逆襲するチャンスだと判断し、才人《さいと》は朱音に同調する。

「俺もおかゆが食べたいな。帰りに寄り道してハンバーガーを食べたから、二人とも胃がもたれているんだ」

「真帆!? ハンバーガーなんて体に悪いもの、食べちゃダメって言ったでしょ!?」

「きさまー！ ねがえったなー！」

真帆が涙目で才人に食ってかかる。

才人は身軽にかわしてテーブルの向こうに避難する。

「えへへ……おねーちゃんのおかゆ、好きだよ？ そう、好きって思い込むしかないんだ……。思い込めば楽になれるんだ……」

床の隅っこに座り込んでブツブツつぶやく真帆を見ていると、昼間の憂さが晴れるのを才人は感じる。今度から真帆対策としておかゆを常備しておくべきかもしれない。

「タンパク質も摂《と》れるようにした方がいいわね。卵、あったかしら……」

朱音が冷蔵庫の扉を開けると。

冷蔵庫の中に、糸青《しせい》が体を丸めて詰まっていた。

朱音の悲鳴が響き渡り、糸青が冷蔵庫から床に転がり落ちる。

「ちょ、ちょっと!? 糸青さん!? どうしてこんなところに!?」

「まさか……朱音が……」

才人は第一発見者に疑惑の視線を注ぐ。

「私はやってないわよ! アリバイだってあるもの!」

「アリバイとか言い出すヤツが一番怪しいんだよな」

「本当だってば! 動機もないもの! 才人を殺す動機ならいくらでもあるけど!」

「……………………うむ」

追及すると危険すぎるので、才人は何も聞こえなかったことにした。

床に倒れている糸青に歩み寄り、その頬《ほお》に触れる。

「もう……冷たくなっている」

「冷蔵庫、新品で高性能だから……」

朱音は恐る恐る糸青を眺める。元から人形じみた姿の糸青が微動だにせず横たわっていると、本物の人形にしか見えない。

息があるのか確かめるため、才人《さいと》は糸青《しせい》の口元に頬《ほお》を寄せた。

糸青の口から、微《かす》かな声が漏れる。

「シセは兄《あに》くんに心臓マッサージを要求する」

「大丈夫だ。生きてる」

拍子抜けして離れようとする才人の手を、糸青が掴《つか》む。

「シセは死んでる。だから早く。直にマッサージしていい」

「できるか！　少しは恥じらいを持て！」

「心臓を直にマッサージするのが、なぜ恥ずかしいのか不明」

「お前は剥《む》き出《だ》しのハートなのか」

「そう。故にこそ傷つきやすい。三三七拍子のリズムで心臓を押して」

ぐぐ……と才人の手を自分の胸に持って行こうとする糸青。

セクハラ行為を強要されまいと抗《あらが》う才人。

妹の胸を触ったところで欲情するほど節操がない人間ではないから、普段なら問題ないのだが、配偶者とその血族がいる空間で行為に及ぶのはまずい。あらぬ誤解を受ける可能性が高い。

「なんで冷蔵庫の中なんかにいたんだ……？」

才人は疑問を呈さずにはいられなかった。

「朱音《あかね》の作り置きの料理を食べようとしたら、冷蔵庫にハマって出られなくなった。よくある事故」

「よくあってたまるか。お前の体はどういう構造になっているんだ」

糸青は小首を傾《かし》げる。

「分解してみる？」

「しない」

「脱がしてみる？」

「脱がさない」

腕に巻きついて付属物のようになり始めた糸青を、才人は振り払おうとするが、糸青はがっちりとしがみついていて離れない。既に融合《フュージョン》は始まっている。

「しー！　ちゃん！　だー！」

おかゆトラウマから復活した真帆《まほ》が突進してきた。

一瞬で冷蔵庫の中に隠れる糸青。

なにがなんでも扉を開けようとする真帆。

「心臓マッサージなら、アタシがやってあげるから！　人工呼吸もつけちゃうから！」

「断る。シセが唇を許すのは兄くんだけ」

「才人!?　あんたまさか……」

朱音《あかね》が魔王を討伐する伝説の剣のごとく構えるのは、漆黒のしゃもじ。

「誤解だからな！」

討伐されたくない才人《さいと》は訴える。

が、朱音はもちろん聞いていない。疾風迅雷《しっぷうじんらい》の速さで振り下ろされるしゃもじが、才人の背後の柱に斬撃を刻む。

「おねーちゃんだけじゃなくて、しーちゃんまで食べてたなんて……ゆるすまじ」

憤慨する真帆《まほ》に、糸青《しせい》が告げる。

「ふふ……シセは兄《あに》くんの欲望のはけ口」

「お前はどうしてわざわざ状況を悪化させるかな!?」

「悪化させていない。状況をうやむやにするため、ここでシセが範囲型殲滅魔法《メテオストライク》を放って街ごと焼き払う」

「俺も死ぬよな!?」

才人にメテオストライクに耐える防御力はなかった。

糸青は冷蔵庫から飛び出し、才人の背中に隠れる。真帆は手近の菜箸を両手に構えて、才人ににじり寄ってくる。

「おにーちゃん、しーちゃんを渡して……。アタシが可愛《かわい》がってあげるから……！」

「可愛がり方に違法な気配しかしないので渡せない！」

「おにーちゃんよりマシだよ！　今からしーちゃんはアタシのペット兼お人形兼愛人になるんだから！」

「兄としてお前のところにだけは妹はやらん！」

才人は全身全霊で糸青を守る。大切な妹を託すからには、才色兼備《さいしょくけんび》、人格は完璧で、資産が山ほどある人間でないと認めるつもりはない。

「どうして……その子が兄くんのことを『おにーちゃん』って呼んでるの……？」

腕の中に抱きすくめた糸青から、冷え切った声が漏れた。

「アタシがおにーちゃんの妹だからだよ？」

「兄くんの妹は……シセだけ……」

「おねーちゃんのダーリンなんだから～、アタシのおにーちゃんでしょ？　ねっ、おにーちゃん？」

真帆が才人の腕にしがみついてくる。

「そこは……シセの場所……」

「……しーちゃん？」

「……シセ？」

糸青の体から、凍《い》てついた波動が溢《あふ》れている。普段はめったに感情を表に出さない糸青が、怒っている――いや、キレている。

糸青《しせい》が真《ま》っ直《す》ぐに真帆《まほ》を指差す。

「……勝負」

「なんの勝負？　お互いにこちょこちょし合ってどっちが先に気絶するか、とか？　やるやるっ！」

「気絶するまでくすぐるな……」

才人《さいと》は糸青の身を案じてストップをかけた。

「どっちが兄《あに》くんの真の妹にふさわしいか、妹力の勝負」

「なるほどー！　ルールを決めておいた方がいいね。目潰しはＯＫ？」

「おーけー」

糸青がうなずいた。

「待て。デスマッチでもやる気か」

「大丈夫だよ、しーちゃんに目潰しするわけじゃないから。やるのはおにーちゃんにだから」

「安心してくれていい」

真帆と糸青が頼もしく保証する。

「どこを安心したらいいんだ！」

二人とも妹力を「兄を殺す力」くらいに考えている気配がする。とはいえ才人の方も、

妹力がいったいなにを指すのかは分からない。

真帆《まほ》が腕組みして悩む。

「むむ……困ったな……。目潰しがダメなら、もうアタシにできることはないよ……」

「お前は目潰し専用機なのか」

「おにーちゃんに目潰しして、痛がってるおにーちゃんを優しく介抱！　おにーちゃんの好感度が急上昇してアタシを真の妹と認める！　みたいな作戦だったんだよねー」

「その作戦は最初から間違ってるから実行されなくてよかった」

本心からの感想だった。マッチポンプで優しくされても、好感度が上がるどころか人間不信度が爆上がりするだけだ。

「じゃー行くよ！　アタシからっ！」

「……っ!?」

真帆が駆け出し、才人《さいと》との距離を詰めてくる。目潰しはルールで封じたが、それ以外の物理攻撃は有効だ。

才人はダメージを最小限に抑えるため、顔面の前で両腕をX字に固めることでガードする。朱音《あかね》との戦場の日々で、受け身スキルは鍛え抜かれている。

しかし、予期した衝撃は訪れなかった。いつの間にか、正面から真帆の姿が消えている。

――回り込まれたか!?

殺気を感じた才人が振り返るよりも速く、後ろから真帆が才人に抱きつく。首に腕を回してもたれかかり、耳元で甘くささやく。

「ねえ、おにーちゃん……。真帆のこと、おにーちゃんの妹にしてくれたら、すっごく気持ちイイことしてあげるよ……？」

「悪いが、俺は目潰しは気持ちいいとは思わない派なんだ」

才人は念を押しておいた。

「目潰しなんかじゃないよ～。肩を揉《も》んであげたりとか～、耳かきしてあげたりとか～、全身をマッサージしてあげたりとかだよ～。こんなふうに……ね？」

真帆の手が、才人のシャツの隙間に忍び込んでくる。少女の繊細な指先が、さわさわと才人の肌をなぞっていく。

「ちょ、ちょっと、真帆!?　なにしてるの!?」

仰天する朱音。

「おにーちゃんのマッサージだよ～」

「離れなさい！　危ないわ！　手が爆発するわよ！」

「爆発はせんだろう……」

才人は反論しつつも、朱音が真帆を引《ひ》き剥《は》がしてくれたので安堵《あんど》する。

真帆は才人の前で手を握り締め、上目遣いでアピールする。

「どうかな、おにーちゃん？　アタシの妹力、すっごく高いでしょ？　何点？」

「〇点」

「えー!?　なんでー!?」

「妹にしてはエロすぎる」

「そこがいいんでしょ!?　男はみんなえっちなことしてくれる妹が大好きだって、アタシ知ってるんだよ!?」

「その認識が甘すぎる。〇点」

「やっぱり目潰しか！　目潰しがいいのかー!!」

襲いかかってくる真帆《まほ》の両手を才人《さいと》が受け止め、がっつりと組み合う。妹力の勝負のはずが、明らかに腕力の勝負になっている。

すぐに真帆は力尽き、息を切らして床に伸びた。

「大丈夫……？」

朱音《あかね》が心配して真帆のそばに屈《かが》む。

消え入るような声が、真帆の唇から漏れる。

「アタシはもうダメだよ、おねーちゃん……。アタシの仇《かたき》、取ってくれるよね……？」

「ええ、任せなさい。どんな手段を使っても、才人を倒してみせるわ」

「俺はなにも悪くないよな!?」

真帆はいじらしく涙をこぼす。

「うん、おにーちゃんは悪くない……。悪いのは、大好きなおにーちゃんのことを拒めなかった、アタシの方だから……」

「才人は百年ごはん抜きの刑よ！」

「それはマジで勘弁してくれ！」

才人は懇願した。

朱音の手料理は、何気に毎日の楽しみになっているのだ。ひょっとすると既に餌付けされてしまっているのかもしれない。

糸青《しせい》が貫禄《かんろく》たっぷりに首を振る。

「真帆はダメダメ。兄《あに》くんの妹にふさわしいのは、シセだけ」

「しーちゃんは……おにーちゃんにどういうえっちな攻撃をするつもりなの……!?」

「えっちなことから離れろ」

「そんなこと、する必要はない。シセの磨き抜かれた妹力、刮目《かつもく》して見よ」

堂々と言い放つ糸青。

才人の方に近づいてこようとするが、足を滑らせて派手に転ぶ。

起き上がるが、再び転ぶ。

懸命に立ち上がろうとするが、また転ぶ。

じたばたする糸青《しせい》の姿は、まさに——ハイハイから一人歩きを始めようとする赤ん坊。

才人《さいと》の庇護《ひご》欲が、恐るべき勢いで湧き上がっていく。

手を貸してはいけない、自分の力で歩かせなければいけないと分かっていても、手を差し伸べてやりたくなる。幼い頃から糸青の成長を見守ってきた才人にとっては、尚更《なおさら》。

糸青が長いまつげを震わせ、弱々しく才人を見上げた。

「兄《あに》くん……抱っこ、して？」

「くうっ……！」

破滅的なダメージに堪える才人。

そこにさらなる攻撃が加えられる。

きゅるる～っ、と糸青がお腹《なか》を鳴らしたのだ。

この少女は、任意のタイミングで腹の虫を起動する能力を持っている。

いつも糸青におねだりされてはおやつを奢《おご》る人生を送ってきた才人には、糸青が腹を空《す》かせているときはなにかを与えねばならぬとの条件反射が叩《たた》き込《こ》まれていた。

転んでいて、しかも腹ぺこの糸青を放っておくなんて、落ち着かない。このか弱い生き物を救わなければ、自分の知らないところで拾い食いをしてしまうかもしれない。

そんな、本能。

兄心を絶妙に掻《か》き立《た》てるシチュエーション。

そのすべてを計算したうえで、糸青が才人の服をそっとつまむ。

「だっこ……」

「百点満点だ――!!」

才人は糸青を抱き上げた。いや、胴上げした。これは兄と妹の祭りである。糸青はあいかわらずの無表情でVサインを作っている。

真帆《まほ》が歯噛《はが》みする。

「悔しいけど……しーちゃんの可愛《かわい》さは認めるしかないよ……。ぶっちゃけアタシの妹にしたくなっちゃったぐらいだもん……」

「大丈夫よ、真帆。いつだって私にとっては、あなたが世界一の妹だから」

「おねーちゃん……! アタシにとってもおねーちゃんが世界一のおねーちゃんだよ!」

朱音《あかね》と真帆が手を握り合う。

他者の入り込めない、姉妹だけの空間が生成される。

「じゃあ、ちゅーしてもいい!?」

「えっ!? キ、キスはちょっと……」

「だいじょーぶだから! 舌は入れないキスだから!」

「そ、それなら……いいのかしら……? って、ダメよ!」

「まーまー、よいではないか～♪ アタシに任せて、おねーちゃんはじっとしてて～♪」

必死に抵抗する朱音《あかね》に、ん〜っと真帆《まほ》が唇を寄せていく。

「仲良しの姉妹だな……」

「ボリボリ！　ボリボリ！」

糸青《しせい》はどこからかポテトチップスを発見して無心に貪っている——よく見たらポテトチップスではなくタクアンだった。才人《さいと》も糸青も映画のラブシーンを鑑賞するノリである。

「そこ！　見てないで助けなさいよー！」

「へっへっへ〜、誰もおねーちゃんを助けてはくれないさ〜♪　二人っきりになれるところに行こうね〜♪」

真帆は朱音を引きずって去っていった。


真帆に連れられ、朱音は自分の勉強部屋に入った。

「は〜っ、やっと二人きりになれた〜！　我が家のような安心感だよ〜！」

真帆は朱音の椅子に座り、くるくると回る。背もたれを太ももで挟み、脚を伸ばして遊んでいる姿は、高校一年生とは思えないほど幼くて可愛《かわい》らしい。

「あのね、真帆。やっぱり、さすがに姉妹でもキスは……」

朱音がたしなめると、真帆が笑った。

「心配しないでいーよ！　あれは冗談だから！」

「え、そうなの……？」

「そりゃそーだよー。アタシ、おねーちゃんが嫌がることなんてしたくないもん。おねーちゃんが恥ずかしがるのを見たかっただけだよ」

「まったく……、からかうのはやめてほしいわ」

朱音は胸を撫《な》で下《お》ろした。

「ごめんごめん。でもまー、おねーちゃんがしたいときは、いつでもＯＫだからね♪」

真帆がウインクして投げキッスをしてくる。妹ながら成長するほどに妖しい魅力が増してきて、姉としては将来が心配だ。

「うちに来るつもりなら、どうして連絡くれなかったの？　いろいろ用意もあるのに」

「おねーちゃんのこと、驚かせようと思って。びっくりした？」

くりくりっとした瞳で、真帆が朱音を見上げる。

「すっごくびっくりしたわ……真帆が才人と腕を組んでいるのを見たときは」

「腕くらい組むよ～。デート帰りだったし」

「デート!?　才人と!?」

朱音は愕然《がくぜん》とした。陽鞠《ひまり》のデートも断った才人が、真帆のデートには応じるなんて。もちろん真帆が魅力的なのは認めるが、それでも。

「デートっていうか、調査かな。おねーちゃんの結婚相手のこと、調べたかったんだよね。どういう男なのか、おねーちゃんのことをどう思っているのか」

「私のこと……どう思っているのかしら？」

朱音《あかね》は少しだけ気になった。

自分たちが天敵同士なのは間違いない。けれど最近の才人《さいと》は、敵とは思えない行動をしてくる。落ち込んでいる朱音を慰めるためお出かけを計画してくれたり、和睦の証《あかし》として指輪をプレゼントしてくれたり。朱音には才人の心境が読めない。

「そんなことより、おねーちゃんに提案があるんだよね」

「なに？」

真帆《まほ》は身を乗り出し、朱音の顔を覗《のぞ》き込《こ》む。

ついさっきまでとは打って変わった、真剣な表情で告げる。

「アタシが、あの人と結婚しよっか？」

「えっ………」

予想だにしない申し出に、朱音は言葉を失った。

「うちのおばーちゃんと、向こうのおじーちゃんの目的って、昔の恋を叶《かな》えられなかった自分たちの代わりに孫をくっつけることなんでしょ？」

「迷惑な話だけど、そういうことよ」

「だったら、おねーちゃんじゃなくてアタシでもいいワケじゃん。ちゃんとおばーちゃんに交渉して、報酬におねーちゃんの学費も出してもらうし！　ねっ、どうかな？」

真帆が朱音の手を握って尋ねる。

「えっと………」

朱音は即答できなかった。

思考が凍りついたように停止していて、目の前の景色すら漠然としている。

ずっと、自分の夢を叶えるためには才人との結婚生活に堪えるしかないと考えていたから、こんな可能性があるとは思いつきもしなかった。

「その……あんたには、アイツの相手は無理なんじゃないかしら……」

朱音はためらいがちに告げた。

「どして？」

「アイツ、めちゃくちゃ俺様なのよ。自分が一番だって確信してるっていうか、いつも周りをナチュラルに見下ろしていて偉そうっていうか」

説明しているだけで、才人の普段の傲慢さを思い出して腹が立ってくる。

「だいじょーぶだよ！　そりゃ、頭はあの人が一番かもしれないけど、可愛《かわい》さならアタシが一番だもん！　勝てるよ！　アタシの魅力でメロメロにしちゃう♪」

自信たっぷりに言い放つ真帆。そういえば、この妹も自分が大好きという意味では才人と良い勝負かもしれない。
朱音《あかね》は才人《さいと》についての不満を並べ立てる。

「衛生感覚もおかしいのよ。茶碗《ちゃわん》なんて天井に届きそうになってから洗えばいいとか言うヤツだし」

「家事の手抜きしても怒られなくて済むから楽じゃん♪」

「料理もまともにやらなくて、目を離すとすぐにカップ麺を買い溜《かだ》めするし」

「アタシもカップ麺は大好物だよ！」

「ゾンビが出てくる趣味の悪いゲームとか、しょっちゅうやってるし」

「楽しいよねー、ゾンビをバンバン撃ちまくるの！」

「…………………」

「なに？」

黙り込む朱音に、真帆《まほ》がきょとんと首を傾《かし》げる。

ひょっとして案外、妹は才人と気が合うのではないか。少なくとも、顔を見ればケンカをしていた自分よりはマシなのではないか。そんなことを朱音は思ってしまう。

「あんたは……それでいいの？　本当に好きな人と結婚したくはないの？」

「えー、天敵と結婚したおねーちゃんがそれ言う？」

「私は……恋愛なんて興味ないから。夢を叶《かな》えるためなら、仕方ないの」

「そーだよね、おねーちゃんはそーゆー人だよね」

「悪い？」

「んーん、安心する！」

真帆は嬉《うれ》しそうに笑う。

「安心するって、どういう意味？」

「昔っから変わってないってゆーか、お子ちゃまだなーっていうか！」

「バカにしてるわよね？」

「バカにしてないよー！　おねーちゃんは色気ゼロで、美人なのに男の噂《うわさ》なんて全然なくて、一人寂しく老後を迎えそうなところがいいんだよ！」

「それは……褒め言葉なのかしら……？」

朱音には分からなかった。とりあえず友人や猫には囲まれて暮らしたいが、友人と言える存在は陽鞠《ひまり》くらいだ。

「あの人のこと、まだ性格はよく知らないけど、顔は好みだよ？」

「へ、へえー、そう……」

「髪型とかはセンスないけど、素材は結構イケメンじゃない？　アタシがきっちりコーディネートしてあげたら、どこに出しても恥ずかしくない男になるよ」

「どこに出すのよ」

「宇宙とか」

「死ぬわよ」

「真空での呼吸機能ついてそうじゃない？」

「あれでも一応人間だって知ってる？」

ロボットかなにかと誤解されている気配があった。

「顔が好みならえっちだってできるし、問題ないでしょ？」

「え、えっちって……」

妹の赤裸々な物言いに、朱音《あかね》は首筋が熱くなる。

真帆《まほ》は椅子の上で膝を立て、美しい脚を体に抱き寄せる。

「結婚してるなら、えっちはしなきゃいけないでしょ。レスって離婚の理由になるんだよ？　おねーちゃんはこれから一生、あの人の相手をしてあげないつもり？」

「それは……アイツもそういうことは望んでないし……。私たちの結婚は形だけのものだって、お互い同意してるし……」

「アタシ、結婚は形だけじゃない方が、お互い幸せだと思うな～」

「ううっ……」

正論すぎて、反論のしようがない。

朱音の両親は仲睦《むつ》まじく、傍《はた》から眺めているだけでも幸せなのが伝わってきていた。あの二人のような関係が理想の夫婦なのは、朱音も否定できない。そして、朱音と才人《さいと》の関係がそこからかけ離れていることも。

「ほらほらっ、これ見て。もうあの人とこんなに仲良くなったんだよ」

真帆がスマートフォンに写真を表示する。

写っているのは、才人の指をくわえてピースサインを取っている真帆だった。才人も拒絶しておらず、呆《あき》れたような笑顔でされるがままになっている。

「な、なによこれ……」

朱音は目を疑った。

「あの人の指にバーガーのソースがついてたから、綺麗《きれい》に舐《な》めてあげたの。『小犬みたいで可愛《かわい》いな』って喜んでくれたよ」

「う、うそでしょ……。才人がそんな……」

糸青《しせい》ならともかく、他の少女に才人が易々《やすやす》と心を許すのは想像できなかった。どちらかといえば才人は硬派なタイプのはずだ。

「ホントだよ〜。ちゅーちゅーって吸ってあげたの！」

真帆は自分の指を吸って実演してみせる。指に舌を這《は》わせる姿がいやらしい。真帆みたいな少女にこんなことをされたら、男ならイチコロだろう。

「あんたたち、会ったばかりなのよね……？」

「うん！　でもやっぱ、相性がいいってことなのかな～！　すぐに仲良くなれちゃった！　これなら結婚してもラブラブ夫婦だし、おねーちゃんも安心だよね？」

「まあ……安心では……あるけど……」

万年戦場の朱音《あかね》と才人《さいと》よりは、よっぽど円満な夫婦になれそうだ。

「良かった～！　あの人のことは、アタシに任せて！　もっと仲良くなってくるね♪」

「あっ……」

朱音は手を掴《つか》んで止めようとするが、真帆《まほ》は勉強部屋から飛び出していく。階段を駆け下りる足音が、軽やかに響く。

――私……どうして止めようとしたのかしら……。

残された朱音は、自分の行動に困惑する。

分からないのは、それだけではない。

真帆が代わりに結婚しようかと提案してくれたとき、どうして自分は即答できなかったのか。大嫌いなクラスの男子を引き取ってもらえて、夢を叶《かな》えるための学費ももらえるなんて、千載一遇《せんざいいちぐう》のチャンスのはずなのに。

そして、なぜ……真帆と才人が写っている写真を見たとき、胸がちくりと痛んだのか。

今もその痛みは消えず、鈍い違和感となって朱音を苛《さいな》んでくる。

「具合でも……悪いのかしら……」

朱音は胸を押さえて、部屋の片隅に立ち尽くした。


才人は湯船に体を沈め、四肢の力を抜いた。

実家暮らしの頃から、独りになれる場所は好きだ。両親の敵意に晒《さら》される実家において、自分の部屋や浴室といったプライベートな空間は避難所だった。

もしかしたら、読書が趣味になったのは、文字の世界に浸っているあいだだけはどんな場所でも独りになれるから、という理由もあったのかもしれない。

常在戦場であるこの家でも、浴室が安全地帯になっているのは同じ。いかなる状況でも朱音は浴室に踏み込んでこないから、存分に羽を伸ばすことができる。

今夜は糸青《しせい》や真帆も泊まっていて騒がしいので、才人はしばらく浴室に居座って平穏を楽しもうかと考えていた。

しかし。

「おにーちゃーんっ！　かわいー真帆が背中を流しに来てあげたよーっ！」

勢いよく扉が開けられ、貴重な平穏はあえなく打ち破られた。

タオルで前を隠してすらいない真帆が、堂々と浴室に入ってくる。その裸身《らしん》に非の打ち所はなく、真っ白な双丘が誇らしげにそそり立っている。

才人《さいと》は即座に顔を背けた。

「もう背中は洗った！　帰れ！」

「背中よりもっとスゴイところを洗えってこと!?　おにーちゃんのえっち！」

「スゴイところってなんだ！」

「そんなの十二指腸に決まってるじゃない！」

「そいつはすげぇな……」

ごくりと唾を飲む才人。思わず真帆《まほ》の撃退を忘れるレベルだ。

「女の子に自分の十二指腸を無理やり洗わせるなんて、おにーちゃんのえっち！」

「そのフェティシズムはマニアックすぎる！」

「ブラシは上下どっちから入れてほしい？」

「どっちからも入れないでほしい！」

心の底からの懇願だった。要するに命乞いである。

ひたひたと足音を立て、真帆が湯船に近づいてくる。

「まーまー、恥ずかしがらなくてもいいじゃん。アタシとおにーちゃんの仲なんだから♪」

「俺とお前がどんな仲だというんだ」

「同じ星に生まれた仲？」

「つまりほぼ他人だよな」

約八十億人が該当した。

「同じ並行世界に生まれた仲？」

「もっと他人になった！」

「でも今日から恋人になったんだよね！」

「なってない！」

「なったよ！ アタシがそう決めたんだから！ 拒否権？ そんなモノはないね！」

「女帝か！ 去れ！ 去れー！」

悪霊退散の呪文のごとく、才人は無心で唱える。

背後から、真帆の両腕が才人の首に回された。目が灼《や》けるほどに白い二の腕が、ねっとりと才人の体に絡みつく。真夏の蜂蜜よりも熱い吐息が、才人の耳朶《じだ》をくすぐる。

「アタシのこと追い出したら、『おにーちゃんに襲われた』っておねーちゃんに言っちゃうよ？」

「!?」

才人は身をこわばらせた。

「朱音《あかね》はそんなデマを信じるようなバカじゃない……」

「どうかなー？ 大嫌いなおにーちゃんの言葉と、大好きな妹の言葉、おねーちゃんはどっちを信じるかな？」

「オレニキマッテルサー」

棒読みである。ただでさえ才人《さいと》の言うことなすことを疑ってかかる朱音《あかね》が、無実の主張を聞いてくれるはずがない。

真帆《まほ》は目元に手を添えて、わざとらしく泣《な》き真似《まね》する。

「ああっ、可哀想《かわいそう》なおにーちゃん。通報されて牢屋《ろうや》に入れられて、三百五十年も出てこれないなんて！」

「とっくに寿命尽きてるよな⁉」

「寿命が尽きても三百五十年のお勤めが終わるまで、繰り返し蘇生《そせい》させられるんだよ」

「生き地獄すぎる」

情けが少しでもあるなら早く殺してくれと才人は思った。

しかしながら真帆を敵に回せば、朱音との暮らしが生き地獄になるのは間違いない。そしてこの少女はやると言ったら本当にやるタイプだろう。

「さあ、どうする？　おにーちゃん。アタシと仲良くしてくれるよね……？」

耳元で甘くささやいていても、これは完全に脅しである。

「……好きにしろ」

才人は諦めた。

「やったー♪　おにーちゃんのこと好きにする！」

「俺のことは好きにするな！　さっさと洗ってさっさと出て行け！」

「も～、冷たいな～。ホントは嬉《うれ》しいくせに～」

「嬉しくはない」

真帆のクラスの男子なら、こういう状況になるのも大歓迎だろうが、才人は立場が違う。配偶者の妹と一緒に入浴したなどとバレたら大騒動だ。小学生くらいならまだしも、真帆とはほぼ年も離れていない。

「もう自分の背中は洗っちゃったなら、アタシのカラダ洗っていーよ？」

「結構だ。俺は静かに風呂を楽しみたい」

「しーちゃんのカラダは洗ってあげてるのに？」

「昔の話だ」

「へー、昔は洗ってたんだ。あーんな可愛《かわい》い子を隅々まで……」

「やりたくてやっていたわけじゃない。シセが自分でなにもできなかったから……」

真帆は口元を右手で囲んで冷やかす。

「おにーちゃんのへんたーい♪」

「くっ……」

この少女の言うことは、いちいち腹立たしい。朱音の妹だけあって、人の神経を逆撫《さかな》でするのが得意なのかもしれない。

真帆《まほ》が小さな椅子に腰掛け、髪を洗い始める。彼女が目を閉じているあいだに浴室を抜け出そうと、才人《さいと》は湯船から立ち上がった。

「……おにーちゃん？　逃げたりしても、おねーちゃんに言いつけるからね？」

「はは……逃げるわけないじゃないか……」

乾いた笑いを漏らし、湯船に舞い戻る。頭が悪そうで悪くないのが厄介な少女だ。こうなったら、彼女の気が済むまで要求に応じるしかない。

真帆がシャワーで髪を流した。今度はスポンジで泡を立て、体を洗っていく。なるべく目をそらしておこうとする才人だが、どうしてもその姿が視界に入ってくる。

「あー、おにーちゃん、ガン見してる～」

「背中を向けたら奇襲されそうだから警戒してるんだ」

「はいはい、分かる分かる～」

からかうような口調。

「全然分かってないだろ」

「じっくり見てもだいじょぶだよ。アタシたち、恋人なんだから」

真帆が腕を上げると、艶《あで》やかな腋《わき》が露《あら》わになり、その洞《うろ》を泡が滑っていく。見せつけるように素足を突き上げ、ほっそりした脚にスポンジを走らせる。挑発的なことをしても様になる美貌が卑怯《ひきょう》だ。

才人は辞書の項目を順番に暗唱して心を無にする。

見とれてはならないし、反応してもならない。それは負けだ。彼女の魔性に呑《の》まれたら、なにをされるか知れたものではない。そもそも真帆の狙いも未《いま》だに不明なのだ。

「さて、と……」

体を洗い終えた真帆が、手桶《ておけ》を床に置いて、才人の方を見やった。軽く歪《ゆが》めた唇に、捕食者の笑みが宿っている。

「おにーちゃん、お待たせ」

「待っていない。俺は辞書の暗唱で忙しいんだ」

「そんなことするより、もっと楽しいことしよーよ……ね？」

真帆が湯船に爪先を触れさせ、長い脚を滑り込ませてくる。目の前で輝く太ももは、象牙細工のようにきめが細かく、魅惑的な質感に満ちていた。

彼女が浴槽に入ってくるだけで、才人は湯の温度が上がるのを感じる。いや、これは才人自身の体温が上がっているのかもしれない。

彼女は美しい――姉に負けないほどに。

そして恐ろしいのは、彼女が才人を拒んでいないということだ。

真帆が才人の向かいに腰を下ろし、湯に体を沈めた。立てた膝に腕を載せ、軽く首を傾《かし》げて才人《さいと》を眺める。

「おねーちゃんとも、一緒にお風呂入った？」

「……いや」

才人は目のやり場に困った。

うつむいて視線をそらすのも、意識しすぎているように思われそうでためらわれる。己の有利を確信した真帆《まほ》は、あっという間に主導権を奪ってしまうだろう。

「他の女の子とは？　家族以外で」

「ない」

「じゃあ、アタシが初めてだね。アタシも、おにーちゃんが初めて」

無邪気な微笑をたたえる真帆。きらめく水面が揺れ、その下に真っ白な裸身《らしん》が透けている。才人の両手で抱き上げられそうなくらい、細い腰。

真帆が小さく息を吸って、才人を見つめた。

「……ねえ、おにーちゃん。アタシと、結婚しよ？」

「は……？　どういうことだ……？」

才人は困惑して聞き返した。

「うちのおばーちゃんと、おにーちゃんのおじーちゃんって、お互いの孫に結婚してもらいたいだけでしょ？」

「まあ、そうだな」

「だったらさ、アタシでいいじゃん」

真帆が浴槽の底に手を突き、才人の方に身を乗り出してくる。剥《む》き出《だ》しの肩が近づき、みずみずしい躰《からだ》から甘い肌の匂いが漂う。

「おにーちゃんも、おねーちゃんとケンカばっかりして、うんざりしてるでしょ」

「……ああ。高校に入ってから、気の休まるヒマがなかった」

「性格が合わないおねーちゃんより、アタシと結婚した方が、楽しいよ？」

「お前はお前で、面倒な感じはするが」

実際、真帆が現れてからの才人は明らかに疲労が蓄積している。男を振り回すタチの悪さにかけては、姉も妹も似たようなものだ。

「アタシ、結構尽くすタイプだし、おにーちゃんがしたいコト全部させてあげるよ？」

間近から、真帆が才人を見上げる。

その大きな瞳に、嘘《うそ》は映っていなかった。長い髪から雫《しずく》が垂れ、尖《とが》った顎を伝い落ちて、水面に微《かす》かな波紋を広げる。

「全部って……」

水に包まれているのに、才人は喉が渇くのを感じた。

「全部だよ。おにーちゃんが『うん』とさえ言えば、このカラダはおにーちゃんのモノ。

好きなように弄んでいいし、おにーちゃんがしてほしいことはなんでもしてあげる」

真帆《まほ》が濡《ぬ》れた手の平で、才人《さいと》の頬《ほお》に触れてくる。少女の膝が才人の脚のあいだに押し入ってきて、まるで才人が彼女を抱いているような体勢になる。

「おねーちゃんみたいな美人と同居してるのにえっちもなしなんて、つらいでしょ？」

「そもそもアイツとはそういう関係じゃない」

「そんなの悲しいじゃん。せっかく結婚してるのにさ。おにーちゃんって、女の子に興味ないの？」

「まったくないわけではは、ないが……」

健康な男子だから、人並みの欲求はある。もし同居の相手が天敵の朱音《あかね》でなければ、今頃どうなっていたかは分からない。

「でしょ？　アタシならおにーちゃんのコト、すっきりさせてあげられるよ？」

憑《つ》かれたように熱っぽく、真帆がささやく。

「…………っ」

その誘惑は、あまりにも強力だった。

真帆が言う通り、天敵の朱音よりは真帆の方が才人と平和に過ごせるだろう。桜森《さくらもり》家の孫と結婚さえすれば、天竜《てんりゅう》も才人に北条《ほうじょう》グループを譲ってくれるはずだ。

真帆の性格は生意気だが、毎日ケンカをするほどではない。むしろ積極的にアピールをしてくるのは、男としては嬉《うれ》しい部分もある。そして外見には文句のつけようがない。

しかし。

「ちょっと……考えさせてくれ」

才人は手の平で額を押さえた。

「どうして考える必要があるの？　アタシ、おねーちゃんより都合のいい女だよ？」

真帆が才人を睨《にら》んだ。

「自分で都合がいい女とか言うな」

「ホントだもん。おねーちゃんは、一緒にお風呂に入ったりしてくれる？　おにーちゃんの願いや欲望を、そのまま受け入れてくれる？　違うでしょ？　でも、アタシはできるよ」

才人に抱きついてくる真帆。

やわらかな胸が押しつけられ、才人の胸板で自在に形を変える。吸いつくような肌の密着感に、才人は全身の血液が沸き立つのを自覚する。

「アタシは……あなたの欲望の鏡になれる」

真帆は小さくつぶやいた。

才人《さいと》は激しい疲労感を覚えながら寝室にたどり着いた。

毛布の中に体を潜り込ませると、思わずため息が出る。今夜は就寝前の読書をする余裕も残っていない。

「なんだか疲れているみたいね。どうしたの？」

先にベッドに入っていた朱音《あかね》が、参考書を閉じて才人を見やった。

「お前の妹に振り回されていてな。自由すぎるというか、元気すぎるというか」

代わりに結婚しようと提案されたということは、朱音には言えなかった。

別に伝えても構わないはずだし、真面目に検討するなら朱音と話し合った方が良いとは思うのだけれど、なぜか躊躇《ちゅうちょ》してしまう。

「私は、真帆《まほ》が元気いっぱいなところを見られて嬉《うれ》しいわ」

「モノには限度ってのがあるんじゃないか？」

「元気がないよりは、ずっといいわよ。あの子、小さい頃はいつも病気で寝込んでいて、心配で仕方なかったから」

真帆が寝ている客間の方向に、朱音が気遣わしげな視線を向ける。

客間に真帆を案内したときも、絶対に体を冷やさないよう念入りに寝具や寝間着を準備してやっていた。妹のことが心配なのは、今も変わらないのかもしれない。

「体が弱かったんだよな」

「弱かったし、生まれつき重い病気もあったの。小学生のときは、学校もあんまり行けてなくて。話し相手といったら、私ぐらいしかいなかったわ」

「だからあんなにシスコンなのか……」

コミュニケーション能力の塊のような現在の真帆を見ていると、自宅に閉じこもっていた時代のことは想像もできない。あの爆発的なエネルギーは、いったいどこから生まれているのだろうかと才人は不思議になる。

朱音は穏やかな笑みを浮かべる。

「真帆が元気に暮らしてくれるなら、私はそれだけで幸せよ。ちょっとワガママすぎるところもあるけど、そのワガママにも応えてあげたい。もっともっと人生を楽しんでほしいって思うの」

「妹には優しいんだな」

「妹にはってなによ！」

才人は感心した。

「俺にも少しは優しくしてほしいってことだ」

「はあ？　気持ち悪いこと言わないでくれる？」

ゴミを見るような目で、朱音が才人を見る。

「これだよ……」

才人《さいと》は切ない気持ちになる。妹に向ける優しさの十分の一くらいでも才人に振り分けてくれたら、この家での生活は改善されるはずなのに。

二人同時に口をつぐみ、寝室に沈黙が満ちる。そろそろ朱音《あかね》も眠いのだろう。夕食後、真帆《まほ》や糸青《しせい》を交えてゲームをしていたせいで、既にだいぶ夜も遅くなっている。

才人が寝入ろうとしていると、朱音が声を漏らした。

「ね、ねえ。ちょっと……聞きたいことがあるんだけど」

どこか緊張を帯びた、小さな声。

「なんだ？」

「あんた……私と別れたいと、思ってる……？」

「え」

才人はぎょっとした。

真帆と浴室で話していたことを聞かれていたのではないか。それすなわち浴室に二人でいたことがバレているのではないか。焦燥が冷や汗となって噴き出す。

「どうして……そんな質問を？」

どこまで朱音が掴《つか》んでいるのか分からないので、才人は慎重に探りを入れる。

「す、少し気になっただけよ」

「なぜ気になるんだ？」

「別にいいじゃない！　答えなさいよ！　あんたにはプライバシーなんてものはないんだから！」

「いや、さすがにあるだろ」

「ないわよ！　動物園の猿は一日中みんなに全部見られちゃってるでしょ！」

ここは動物園ではないし、才人も猿ではない。人として最低限のプライバシーはほしいのが正直なところだ。

「もし俺が別れたいと思っていたら、お前は別れるのか？」

「えっと……それは……」

朱音は返答に詰まった。

「どうなんだ？　俺に質問するからには、お前も答えるのが筋だよな？」

浴室の件についての追及を防ぐため、才人はあえて強引に迫ってみる。

その効果が出ているのか、朱音がたじろぐ。

「う、うぅ……。もういいわ！　さっさと寝て！」

「そうさせてもらう」

才人と朱音は互いに背中を向けて眠りについた。

にゃーーん
目が覚めたときには
手遅れだった
しーちゃん
可愛いよ！
天使だよ！
パシャパシャ
なにを…？
お泊まりが
楽しすぎて
眠れないから
起こしに来たの！
超迷惑
あそぼ
あそぼ
あそぼ！
遊んだ
ふむーーん
バーンバン
ギャイーン

第三章 『籠絡』

episode3

3年A組の教室。

才人《さいと》が自分の席で本を読んでいると、ふうっと耳に息が吹きかけられた。

「っ!?」

総毛立《そうけだ》つ才人。

振り向けば、真帆《まほ》が小憎らしい笑顔で見下ろしている。

「おはよ、おにーちゃん♪」

「お前……急になにを……」

才人は手の平で耳を守った。

「朝の挨拶だよ？　日本に引きこもってるおにーちゃんは知らないかもしれないけど～、海外ではジョーシキなんだよ！」

「海外じゃなくて惑星外の常識だよな。生まれた星に還《かえ》れ！」

絶対排除の念を込め、真帆を睨《にら》み据《す》える。せっかく朝のホームルームが始まるまで読書を楽しもうとしていたのに、トラブルメーカーに邪魔されてはたまらない。

真帆が口元を手で覆って笑う。

「あー、おにーちゃんってば、ふーってされて感じちゃったんだ～？」

「感じていない！」

「絶対感じてるよ～。ほらぁ、ここと《•》かぁ、すっごい鳥肌立ってるしぃ～」

真帆《まほ》の指先が、才人《さいと》の首筋をゆっくりと滑っていく。

才人は真帆の手を掴《つか》む。

「学校で堂々とセクハラするのは、やめてもらえるか……？」

「きゃっ！　おにーちゃん、そんないきなり手を握るなんて……大胆すぎだよぉっ！」

真帆は身をくねらせて恥じらってみせる。どこまでもわざとらしくて空々しいのに、教室の男子たちの敵意は才人に集中する。

「あのゲス野郎……」「また可愛《かわい》い後輩といちゃつきやがって……」「殺す。法に触れない範囲で殺す」「アイツのシューズの中に……新鮮な納豆を……」「イソフラボン！　イソフラボン！」

「理不尽すぎないか!?」

抗議する才人だが、聞いてくれる者はいない。男子たちは皆、アイドル級の美少女（中身は悪魔）の掌《てのひら》の上で踊らされてしまっている。

「おにーちゃんって、学校で嫌われてるんだね～。かわいそ～♪」

「誰のせいだと思っている……」

「そんなに自分を責めないで！」

「お前のせいだと言っているんだ！」

「そうだよね、アタシが可愛すぎるのがイケナイんだよね。可愛くてごめんね♪」

左右の頬《ほお》に人差し指を添え、ぺろっと舌を出す真帆。計算ずくなのがあからさまなのだが、そんなポーズもばっちり決まっている。

「「「かわいすぎる～!!」」」

男子たちは絶叫と共に廊下へ駆け出した。溢《あふ》れ出《だ》す情熱が彼らを走らせていた。才人の腕に抱きつく真帆の姿を、これ以上見たくなかったのかもしれない。

「お前……朱音《あかね》の妹とは思えないぐらい、男の扱いが巧《うま》いよな……」

才人は呆《あき》れ交じりに感服する。

真帆は指で髪をくるくるといじりながら笑った。

「別に巧くなんてないよ～、男がバカで単純で下心丸出しなだけだよ。利用するのなんて簡単だよね♪」

「今俺はすごい怖い言葉を聞いた」

「あっ、うそうそ！　男の子って優しくて素敵だよね♪　真帆そんけーしちゃう♪」

「急いで言い直しても逆効果だからな」

才人は女性不信になりそうだった。人間に二面性があるのは分かっているが、あまりにも裏表の回転が速いと気持ちがついていかない。

「アタシと結婚するって話、考えてくれた？」

「隙あらば男を利用しようとするヤツと結婚できるか！」

「利用してないよ！　下僕にしてるだけだよ！」

「俺は下僕にはなりたくない」

「おにーちゃんのことは下僕にしないよー。むしろアタシが下僕になってあげるから！　な、なんでも命令してください、ご主人サマ……」

真帆《まほ》はひざまずいて両手を組み、震えながら才人《さいと》を見上げる。

今度は教室中の女子から、軽蔑の眼差《まなざ》しが才人に集中する。

「北条《ほうじょう》くんが後輩にひどいことしてる……」「下僕にするとか聞こえなかった？」「年下の女の子にご主人サマって呼ばせるなんて、気持ち悪……」「女の敵だよね……」

「変な誤解を煽《あお》るな――！」

才人は真帆の肩を掴《つか》んで立ち上がらせようとするが、真帆はさらに怯《おび》えたふりをして震えるばかり。

「ご、ごめんなさいっ、ご主人サマ……。一生懸命ご奉仕しますからっ……！」

不穏なことを口走りつつ、器用に涙まで流している。

女子たちから才人に浴びせられる殺意の波動は膨張し、今にも暴動が起きそうになっている。このままでは才人の命が危うい。社会的生命は既に絶たれている感じがするが、物理的な生命の方も奈落の崖っ縁に立たされている。

——くそっ、どうしたら？ コイツの邪悪さを証明するには、どんな証拠を揃《そろ》えればいいんだ……!?

才人が必死に考えていると、教室に陽鞠《ひまり》が入ってきた。才人たちの方に視線をやるや、目を輝かせて駆け寄ってくる。

「真帆ちゃん！ 久しぶりー！」

「ひまりん！ いえーい！」

「いえーい！」

真帆と陽鞠が二人して歓声を上げ、ぴょんぴょん跳びながらハイタッチする。全身で喜びを表現する姿は、傍目《はため》にも分かる仲睦《むつ》まじさだ。

「真帆ちゃんが日本に帰ってきたってのは朱音《あかね》から聞いてたけど、もう学校にも来てたんだね！」

「そーだよ～！ 早くひまりんのおっぱいに埋まりたかったからね！」

「さあ来い！」

「わー！」

陽鞠が両腕を広げ、真帆が遠慮なく突っ込む。陽鞠の胸を両手で抱え、そのあいだに顔をうずめ、よだれを垂らしながら頬《ほお》ずりする。

「はー、ひまりんのおっぱいは最高だよ〜！　おねーちゃんのと違って大《お》っきくて、ふかふかのお布団みたいに包んでくれるよ〜！　包容力の塊だよ〜！」

「包容力がなくて悪かったわね……」

朱音《あかね》が額に青筋を立てて現れた。

真帆《まほ》が急いで弁解する。

「あっ、おねーちゃんにはおねーちゃんの良さがあるんだよ？　手にすっぽり収まる感じが落ち着くっていうか、『我が家に帰ってきたなぁ……』って実感が湧くというか。分かるよね？」

「分からないわ！」

朱音は肩をわななかせる。

「ひまりんのおっぱい、おにーちゃんも埋まる？」

「お前はなにを言っているんだ！」

まさか矛先が自分に向かってくるとは予想していなかった才人《さいと》である。

「これは一度ケーケンしておかなきゃもったいないよー。極上の包まれ心地だよー？　やみつきになってひまりんから離れられなくなるよー？」

やたらと姉の親友の胸を推してくる真帆。

「さ、才人くんも埋まりたいなら……いいよ?」

陽鞠《ひまり》がほっぺたを赤らめ、もじもじしながら手を差し出してくる。女神のような魅力に溢《あふ》れた胸元が、上下に揺れて強力な引力で誘っている。

「いや……それは……」

才人は対応に困った。

普通なら、即座に拒否するところだ。しかし、才人は陽鞠の好意を知っているし、今の申し出が結構本気だということも理解している。

むげに断ってしまったら、陽鞠が傷つくのではないか。かといって素直に埋まりに行けば、親友を穢《けが》された朱音は激怒し、他のクラスメイトたちからは埋められるだろう——胸ではなく冷たい地中に。

才人が正解を探していると、朱音が睨《にら》んでくる。

「なに悩んでるのよ! そんなの許されるわけないでしょ!」

どうやら時間切れだったらしい。

「私は許すけど……。才人くんがしたいことなら、なんだってしてあげたいし」

「はー、ひまりんはホントにおにーちゃんのこと大好きなんだね~。健気《けなげ》だね~」

うんうん、とうなずく真帆。

「さっきから気になってたけど、どうして真帆ちゃんは才人くんのことをおにーちゃんっ

て呼んでるの？」

陽鞠《ひまり》が不思議そうに訊《き》いた。

「あー、それはね～。おにーちゃんがおねーちゃんの……」

「アホか――――!!」

あっさり結婚のことを説明しようとする真帆《まほ》に、才人《さいと》は肝を潰す。秒速で真帆の口を塞ぎ、脱出できないように抱きすくめる。

「もが！　もがががが！」

じたばた暴れる真帆。

青ざめている朱音《あかね》。

陽鞠は目を丸くして眺めている。

「知らなかったー。才人くんと真帆ちゃんって仲良しだったんだねー」

真帆が才人の手から逃れ、ぷはっと息をついた。

「すっごい仲良しだよ！　ねー、おにーちゃん？」

「ははは……」

才人は乾いた笑いを漏らす。

真帆が念を押すようにプレッシャーをかけてくる。

「仲良しだよね？　だって一緒にお風呂……」

「仲良しだな！　あーもう銀河一の名コンビだ！」

「ぎゃらくしー！」

才人《さいと》は破れかぶれで真帆《まほ》と肩を組み、真帆は目元ピースでポーズを取る。

ここで真帆を敵に回して洗いざらいぶちまけられたら、すべてがおしまいだ。帰国したばかりの少女だが、才人は早急に海外へ旅立ってほしい気持ちでいっぱいだった。

「ひまりんひまりんっ！　今度の休み、この五人で遊びに行こーよ！」

陽鞠《ひまり》が指折り数える。

「この五人って……朱音《あかね》と、才人くんと、真帆ちゃんと、私ってこと？　あれ？　四人しかいないよ？」

真帆がうつむき、低い声でつぶやく。

「いるよ……。もう一人、おにーちゃんの後ろに……」

「なん……だと……？」

才人は背筋を悪寒《おかん》が這《は》い上《あ》がってくるのを感じた。

確かに聞こえる——微《かす》かな足音が。

ゆっくりと気配が近づいてきて、才人の背後で止まる。

才人の手を掴《つか》む、小さな手の平。血が通っていないように思えるほど真っ白で、氷のようにひんやりとしている。

「みんなで遊び、行きたい」

糸青《しせい》だった。パン食い競争のようにメロンパンをくわえて、もごもごしている。彼女は山羊《やぎ》や鹿などの草食動物並に一日の大半を咀嚼《そしやく》して過ごしている。

「なんだ、シセか……」

肩の力を抜く才人。

「誰だと思った？　平朝臣織田上総介三郎信長《たいらのあそんおだかずさのすけさぶろうのぶなが》だと思った？」

糸青は織田信長のフルネームを淀《よど》みなく発音した。

「そんな偉い歴史上の知り合いはいない」

「信長を暗殺したのは兄《あに》くんなのに？」

「さ、才人くんがそんな悪いことするはずないよ！　私は才人くんを信じる！」

「信じるもなにも……四百年くらいすれ違っちゃってるからな！」

出会いを求めるにしても年の差が大きすぎた。

「そ、そうなんだ。安心したよ」

「俺は陽鞠が心配になったよ……。また勉強、教えるからな……」

「すっごく嬉《うれ》しいけど……なんで？」

陽鞠は無邪気に首を傾《かし》げている。高校三年生にしてこの認識は危ない。下手をしたら卒業すらできない可能性がある。

「遊びなら、才人《さいと》抜きで行った方が楽しいんじゃないかしら？」

「お前は容赦なく突き放してくるよな」

朱音《あかね》が腕組みして才人を睨《にら》みつける。

「なに？　あんたは女の子に囲まれて遊びたいの？　あわよくば二人ぐらいお持ち帰りしたいとか企《たくら》んでるの？」

「そういうわけじゃないが」

「絶対そうよ！　あんたの考えてることなんてお見通しよ！　目に『性欲』って書いてあるもの！」

「眼球に漢字が刻まれてるのは格好良すぎるな」

才人は男心をいたく刺激された。

「でもまあ、確かに女同士で行った方が楽しいだろうな。俺は遠慮しておくよ」

「おにーちゃんは馬で引きずってでも連れてくよ？」

「西部劇風の拷問!?」

真帆《まほ》は楽しそうに語る。

「おにーちゃんの両手両足を～、それぞれ四頭の馬に縛りつけて～」

「死んでる死んでる！　八つ裂きの刑ってヤツ！」

中世ヨーロッパの悪習に才人は恐怖した。

「私も……才人くんとお出かけできたら、嬉《うれ》しいなあって……」

陽鞠《ひまり》が恥ずかしそうに告げる。

「おねーちゃん、だめかな……？」

「朱音……お願い……」

「ううっ……」

最愛の妹と親友からせがまれ、たじろぐ朱音。

「し、仕方ないわね！　馬で引きずっていくならいいわよ！」

許可を出す朱音に、真帆と陽鞠が飛びつく。

「良かったー！　おねーちゃん、ありがとー！」

「良くねえよ！」

「朱音やさしー！」

「優しさは一欠片《ひとかけら》もねえよ！」

「練習のため、今日のうちに一度才人を馬で八つ裂きにしておかないといけないわね」

「練習が本番になっちゃうからな！」

才人は今すぐ帰宅して押し入れに閉じこもりたかった。武器防具を万全に調えた上で難攻不落のバリケードを築きたかった。

「で、どこに遊びに行こっか？」

陽鞠《ひまり》が皆の顔を見回す。

「図書館がいいんじゃないかしら」

「それは勉強だよな」

「なによ、あんたはアイディアあるの？」

「書店とか」

「だいたい同じじゃない！」

ばちばちと、才人《さいと》と朱音《あかね》のあいだで火花が飛び散る。

真帆《まほ》が肩を縮める。

「もー、おねーちゃんたちはガリ勉カップルだなー」

「ガリ勉カップル!?」」

不本意すぎる表現に、才人と朱音は衝撃を受けた。夫婦ではあるがカップルではないし、そもそも朱音はともかく自分はガリ勉ではないはずだと才人は思う。

糸青《しせい》が手を挙げる。

「シセは、魚市場に行きたい」

「社会科見学？　せっかくのお休みなのに、しーちゃんも勉強したいの？」

「違う。魚市場の商品を食べ尽くす」

本気の目、そして本気のよだれだった。

「しーちゃんって、食べるの大好きなんだね」

「好き。真帆のことも食べたい」

「えー♪ もちろん、いいよー！ アタシのコト食べちゃって～♪」

「今夜とかは、どう？」

「きゃー！ しーちゃんせっかちすぎー♪」

食欲とは別の話だと思っているのか、はしゃぐ真帆だが、恐らく糸青とのあいだで深刻なコミュニケーションの行き違いが発生している。今夜というのも、糸青にとっては晩ごはんくらいの意味だろう。

才人は真帆の肩を鷲掴《わしづか》みにし、真剣に首を振る。

「冗談でも、シセにそういうことを言ってはいけない。絶対に、だ」

「お、おにーちゃん……？ 顔が怖いよ……？」

戸惑いの色を浮かべる真帆。憎たらしい少女だけれど、いつの間にか糸青の胃袋の中に消えてしまうのは才人も防ぎたい。

「しかし……書店も図書館も魚市場もダメなら、どこに行くべきかな……」

「今のところ、どれもみんなで遊びに行く場所じゃないよね？」

陽鞠が真っ当な指摘をする。実際、才人も書店に行ったら本を買って即帰って読書を始めるだろうから、ただの買い出しである。

真帆《まほ》が元気いっぱいに手を振る。

「はいはーい！　アタシは遊園地がいいなー！」

「ゆ、ゆうえんち……？」

ぎしっ、と朱音《あかね》が軋《きし》む音がした。およそ人類から発生する音ではなかった。

「やっぱデートって言ったら、遊園地でしょ？　観覧車もあるしー、メリーゴーラウンドもあるし、コーヒーカップもあるし！」

「デート!?　これって才人《さいと》くんとデートなの!?」

色めき立つ陽鞠《ひまり》。

げんこつを突き上げる真帆。

「そーだよ！　集団デートだよ！　ロマンチックなメリーゴーラウンドにおにーちゃんと一緒に乗って、そっとお尻をさすられたりするんだよ！」

「ロマンチックが壊れるから乗ってるあいだくらいはガマンしてほしいけど……いいね、遊園地！　私も遊園地に行きたい！」

「しーちゃんは？」

真帆が糸青《しせい》にお伺いを立てる。

「チュロス、つぶつぶアイス、ポップコーン、ホットドッグ、ソフトクリーム……」

糸青は夢見る乙女のごとく食べ歩きに思いを馳《は》せる。

「ＯＫみたいだね！」

「シセは食べ物さえあれば小麦倉庫でも構わない」

「料理しなくて平気なの!?」

「平気。小麦畑でも構わない」

「しーちゃんって、見た目に合わずワイルドなんだね～！」

真帆は感心している。

「おねーちゃん、どうかな？　遊園地でいい？」

「ええ……大丈夫よ。先に……お父さんとお母さんに別れの挨拶を済ませておくわ……」

朱音は死地に赴く兵士の顔だった。血の気を失い、かたかたと小刻みに震えている。

「どうした？　具合でも悪いのか？」

「具合は悪くないわ……運が悪いだけよ……。そう、生まれてからずっと……」

人生を諦めきった者の顔だ。遊園地などといった浮かれスポットに向かう女子高生の表情ではなかった。


待ち合わせ場所は、駅から少し離れた並木道だった。

四車線道路の両側に石畳の歩道が整備され、等間隔で花壇が置かれている。駅に向かう行楽客や、ランニングをする人々が行き交う道だ。

才人《さいと》が徒歩で到着したときには、既に朱音《あかね》、陽鞠《ひまり》、真帆《まほ》が迎えの車を待っていた。車は糸青《しせい》の家から出してもらうことになっている。

行き先が遊園地ということもあり、休日の太陽の下で見る少女たちの装いは華やかだ。自分がその中に紛れていることに、才人は幾ばくかの違和感を覚える。

朱音は目が覚めるような赤のワンピースを身につけ、コントラストの鮮やかな黒のサンダルを履いて、不安そうにたたずんでいる。

先日、才人と二人でお出かけしたときとはまた違った雰囲気だが、性格も外見も派手な朱音にはよく似合っていた。

「……じろじろ見ないでくれる？」

朱音が不機嫌そうに才人を睨《にら》んでくる。

「お前を見ていたわけじゃない。自意識過剰か？」

「はぁ!? ケンカを売ってるなら買うわよ!? 今すぐ世界を火の海にしてあげるわ！」

「どんな規模のケンカをするつもりだ」

「地球が真っ二つに割れる規模よ！」

「そいつはデカすぎる……」

今日も似合っているだなんて、皆の前で伝えるわけにもいかない。自分たちは天敵なのだ。万が一にも関係を勘繰られたら大変だ。

「まあまあ、二人とも。せっかくの遊園地なんだから、仲良くしようよ～」

救いの女神——もとい、陽鞠が割って入ってくれる。

普段の制服もお洒落《しゃれ》に着崩している彼女だが、私服のセンスも抜群だ。カットソーは薄手の布がドレープを作り、オープンショルダーで肩と二の腕が大胆に露出している。パンツは太ももが晒《さら》されたベリーショート。膝丈のロングブーツが垢抜《あかぬ》けている。

「おにーちゃん、今日の真帆はどう？　可愛《かわい》い？　ばっちり決まってるっしょ？」

当然のごとく賛辞を要求してくる真帆は、自信に見合った完璧なコーディネートだ。肩《かた》紐《ひも》で吊《つ》った、ヘソ出しのトップス。溢《あふ》れんばかりの色気を漂わせた腰のくびれが目に痛い。ショートパンツとハイソックスのあいだには、ほっそりとした太ももが輝いている。

「お前は朱音の妹っていうより陽鞠の妹に見えるな」

「つまりおねーちゃんとアタシは血が繋《つな》がっていないから結婚できるってこと!?　やったー、おねーちゃん結婚しよ！　子供は五千人くらいほしいな！」

「えっ、えっ？　どういうこと？」

朱音は話の流れについていけず困っている。

この悪鬼羅刹《あっきらせつ》を狼狽《ろうばい》させるなんて強者だな……と才人は感服しつつも、自分もついていけなくなりそうなので軌道修正する。

「陽鞠《ひまり》と真帆《まほ》は服のタイプが似てるよなって話だ」

「あー、そゆこと！　ひまりんはアタシのしょーだからね！」

「えっ⁉　私、いつの間に先生になっちゃってたの⁉」

陽鞠も話の流れについていけず困っている。

「ほら、アタシが病弱絶世美少女だった頃、ひまりんがよくウチにお見舞いに来てくれてたでしょ？」

絶世の美少女と自称してはばからない図々《ずうずう》しさが真帆の底力である。そのノリには慣れているのか、陽鞠は特に触れることなく返す。

「そうだっけ？」

「そーだよー！　家族以外と話すチャンスってあんまりなかったから、ひまりんが唯一の外の世界だったんだよね。で、ひまりんのお洒落《しゃれ》なところとか、元気いっぱいなところとか、すっごい憧れてたの！　いつか自分もああいうお姉さんになれたらいいーなーって！」

「あはは……憧れとか言われたら、照れるな……」

陽鞠が面映《おもは》ゆそうにほっぺたを掻《か》く。

「なるほど……真帆がセクハラ魔人なのも、陽鞠を真似《まね》した結果だということか」

「正解！」

親指を立てる真帆。

「いや違うよ!? 勘違いしないでね才人《さいと》くん!?」

「どうだろう……。陽鞠も結構なセクハラ魔人な気が……」

「誤解だよ～！」

陽鞠は才人の腕にしがみついて必死に主張するが、そのせいで胸がしっかり押しつけられてしまっているので説得力がない。

才人たちが駄弁《だべ》りながら待っていると、並木道に車が走り込んできて停《と》まった。十人は楽に乗れる長いリムジン。磨き抜かれた白のボディに高級感が溢《あふ》れている。

スモークガラスの窓が開き、糸青《しせい》が顔を覗《のぞ》かせた。

「おはよ。お待たせ」

「え!? 糸青ちゃんの家の車って、これなの!?」

陽鞠が目を丸くした。

「これ」

うなずく糸青。

真帆はハイテンションで車に駆け寄る。

「うっわー！ うっわー！ リムジンじゃーん！ アタシ初めて見たよーっ！ しーちゃんってホントにお嬢様なんだー！」

「シセの家とか、完全にゴシックホラーに出てくる系のお屋敷だからな」

いつ吸血鬼が現れてもおかしくない。というか、謎の美形ばかりが揃《そろ》っている糸青《しせい》の一家が実は吸血鬼だと言われても違和感がない。

例のメイド運転手がドアを開き、才人《さいと》たちはリムジンに乗り込んだ。

広々としたソファ席に、真帆《まほ》が両手を伸ばしてダイブする。

「すっごーい！　ふかふかー！　いいにおーい！　バスみたいにひろーい！　アタシもうここに定住するーっ！」

「定住するな。死ぬぞ」

公道をサーキットと認識しているメイドが運転手である限り、ここは安住の地とは成り得ない。やはり公共の交通機関を利用すべきだったと才人は後悔する。

「元気なお友達ね。今日はうちの糸青と遊んでくれて感謝するわ」

前の方の座席に、糸青の母親の麗子《れいこ》が脚を組んで腰掛けていた。きっちりと上下のスーツを着込んだビジネスモードだ。

「しーちゃんのお母さん？　めっちゃ美人だねー！」

「ありがとう。あなたも可愛《かわい》いわ」

「へへー、よく言われるよー！」

微笑する麗子と、素直に喜ぶ真帆。

「あなたは、危険はなさそうね」

「危険？　なんのこと？　アタシはアブナイ女だよ？」

「とりあえず、邪魔にはならなそうね、ということよ」

「……？」

含みのある麗子の言葉に、真帆は首を傾《かし》げている。

陽鞠《ひまり》が緊張気味にお辞儀する。

「は、はじめまして！　石倉《いしくら》陽鞠です！　お世話になります！」

「どうも。糸青から話は聞いているわ。クラスの人心を掌握《しょうあく》するのが得意だとか」

「そんなことは……」

「でも、才人くんの心は掴《つか》めていないみたいね」

「えっ……」

「叔母さん!?」

才人はぎょっとした。

「見たままを言ったのだけれど、失礼だったかしら」

「いえ……」

縮こまる陽鞠。

「叔母さんも遊園地に行くのか？」

才人が尋ねると、麗子は優雅に肩をすくめた。

「時間があったら一緒に遊びたいんだけどね。残念ながら商談があるから、途中で降りるわ。ちょっと才人《さいと》くんのお友達の顔を見ておきたかっただけ」

「俺の？　シセのじゃなくてか？」

「ええ。才人くんのよ」

麗子《れいこ》は車内の面々を見回した。

その視線に当てられ、朱音《あかね》がびくりとする。

「はじめまして、桜森《さくらもり》朱音さん」

「は、はじめまして……」

「あなたって、才人くんとは仲が悪いのよね？　こんな休みの日にわざわざついてくるなんて、どういう風の吹き回しかしら？」

「それは……みんなで行くっていう話だったから……」

「ふうん……だから、才人くんと顔を合わせるのが不愉快でもガマンするしかないと、そういうわけね？」

「はい……」

気のせいだろうか、才人は麗子の声音に棘《とげ》のようなものを感じた。いつもは優しすぎるくらい愛情たっぷりな麗子なのに、なんだか様子がおかしい。プライベートの麗子というより、会社にいるときの鬼社長だ。

そして、車に乗ってからというもの、朱音も妙に萎縮している。本当にこの二人は初対面なのだろうか。才人の知らないところで、なにかあったのではないだろうか。

気詰まりな空気に、少女たちが居心地悪そうにしている。とても浮かれスポットの遊園地に向かう車とは思えない。

才人は麗子の隣に座ってささやく。

「叔母さん。あんまりみんなをいじめないでくれ」

「いじめているわけではないわ。あなたの保護者として、お友達をチェックしているだけよ。大切な甥《おい》が変な連中と付き合ったりしたら、大変でしょう?」

そういえば昔から、この叔母には少し過保護なところがあった。特に才人の友人関係については、結構な頻度で探りを入れてきたものだ。甥を放置している兄の代わりに、才人を守らなければならないとの気持ちなのだろう。

「心配してくれるのはありがたいが……お手柔らかに頼む」

「仕方ないわね。才人くんの顔に免じて、今日は許してあげます」

「今日はって……」

才人には先が思いやられた。

リムジンが遊園地に到着した。

あいかわらずの無茶《むちゃ》な運転に、才人《さいと》と朱音《あかね》はへろへろになっていた。もはや既に絶叫マシンに乗ったようなものだが、他の少女たちは平然としている。

「着いたー！　ゆーえんちだー！　いっぱい遊ぶぞー！」

「おーっ！」

入園ゲートに轟《とどろ》く声を上げ、気合いを入れる真帆《まほ》と陽鞠《ひまり》。いかにもギャルな見た目もあいまって、遊園地のプロのオーラが溢《あふ》れている。

真帆が才人の腕に抱きついてくる。

「おにーちゃん、行こっ！　真帆とのラブラブデートの始まりだよ！　とりあえず今日のノルマはキス百回ね！」

「ノルマでキスをして、なにが楽しいんだ……」

「つまりノルマじゃないキスがしたい!?　数は少なくても濃厚で燃えるようなキスがしたい!?　任せろ！　ん〜っ！」

「近づくな、この吸盤女！」

タコのように口を尖《とが》らせて襲ってくる真帆を、才人がアイアンクローで防ぐ。鬱陶しいことこの上ないが、雑な扱いにもめげる素振りがないのは、野郎を相手にしている感じがして気楽ではある。

陽鞠が気後れがちに尋ねる。

「あの〜、才人くんと真帆ちゃんって、どういう関係？」

「アタシが告って、おにーちゃんがOKした関係だよ！　要するに恋人かな！」

「さ、才人くん……？　おめでとうって言ったらいいのかな……？」

震える陽鞠。

「OKはしていないからな！　事実の捏造《ねつぞう》はやめろ！」

「おかしいな……アタシの記憶の中ではOKされたのに……。金婚式も済ませて、孫も曾《ひ》孫《まご》もたくさんいるのに……」

「おかしいのはお前の記憶だ」

才人は百年後にタイムスリップした心境になった。

「でも、告白されたのは本当なんだよね？」

陽鞠が確かめる。

「……まあな」

「ひまりんとは恋のライバルってことだね！　このままおにーちゃんはいただいていくよ！」

真帆が才人の腕を掴《つか》んで引きずっていこうとする。

「わ、私も負けないよ！」

才人《さいと》のもう片方の腕に、陽鞠《ひまり》がしがみついた。

「おっ、ひまりん、やる気だね～♪　ししょーだからって、手加減はしないよ？」

「望むところだよ！　才人くんはどっちが好き？」

「もちろんアタシだよね～？」

「私だよね？」

真帆《まほ》と陽鞠がぎゅうぎゅうと才人の腕を抱き締め、左右から迫ってくる。

二人とも露出が多い服装だから、刺激が強い。全身にちりばめたアクセサリーの擦《こす》れる音。陽鞠の大人っぽい香水の匂いと、真帆の甘い肌の匂いが、混じり合って才人の鼻腔《びこう》を苛《さいな》む。

「離れろ、暑苦しい！」

「あははー、おにーちゃんってば照れちゃって～」

つんつん、と真帆が才人のほっぺたをつつく。

「ホントは嬉《うれ》しいんだよね、才人くん？」

陽鞠が耳元でささやく。

「照れてもいないし嬉しくもない！」

などと断言しつつも、嫌な気分というわけでもないのがつらいところである。真帆も陽鞠も充分すぎるほど魅力的な少女なのだ。

そんな才人の微妙な気持ちが顔に出ていたのか。

「……最低」

朱音《あかね》からは冷え切った軽蔑の言葉が与えられた。

日頃の罵倒より、これは百倍きつい。才人は自分が唾棄すべき人類の塵芥《ちりあくた》になってしまったかのような錯覚に陥る。どこにも味方はいないのかと、疎外感に見舞われる。

券売所の方から、糸青《しせい》がチケットを持って走ってくる。

「兄《あに》くん。みんなのフリーパス、買ってきた」

「……お前は偉いよ」

「むぎゅ」

才人は思わず糸青を抱きすくめた。糸青の潰れる音が聞こえたが、気にしてはいられない。各々が好き勝手に暴れている中、この妹だけは皆のことを考えてくれているのだ。やはりこの世に味方は糸青しかいない。

「行くぞ、シセ！　遊園地を遊び尽くすぞ！」

「うむ。食糧庫からスタッフに至るまで食べ尽くす」

忠実な糸青の手を握って、才人は入園ゲートに突き進んだ。

チケットをスキャナーに読み込ませ、順番にゲートを通る。入ってすぐの広場には太陽を模したモニュメントがそびえ立ち、太陽から四方に噴水が放たれていた。

モニュメントの前では、遊園地のマスコットキャラクターらしき着ぐるみが客を歓迎し、撮影に応じている。やけに目つきの悪い猫だ。

朱音《あかね》が顔を輝かせる。

「可愛《かわい》い猫がいるわ！　記念撮影、お願いしましょ！」

「可愛い……か？」

才人《さいと》は疑問を呈する。

「可愛いじゃない！　ドライアイになりそうなくらい開きまくった目とか、良からぬことを企《たくら》んでそうな吊《つ》り上《あ》がった口とか！」

「それは可愛いのか？」

「逆に可愛いわ！」

「どっちにしろ中に入ってるのはオジサンだぞ」

「どうしてあんたは夢の国で夢を壊しに来るの!?」

朱音は涙目になった。

真帆《まほ》が小生意気に人差し指を振る。

「ちっちっちっ、ダメだなー、おにーちゃん？　着ぐるみの中に人はいないんだよ？」

「じゃあ中になにが詰まってるんだ」

「もちろん内蔵だよ！」

「グロいな!?」

「グロくないよ! アタシたちはみんな、平等に内臓が詰まった存在なんだよ!」

「ればー……うまし……」

じゅるりとよだれをこぼす糸青《しせい》。

「そこで食欲を示すな」

才人は脅威を覚えて腹を守った。この純粋無垢《むく》な妹は、いまだに食べてよいものと食べてはいけないものの区別がはっきりしていないところがある。

陽鞠《ひまり》が口元に指を添えて考える。

「んー、中身がオジサンばっかりってことはないんじゃないかなー? 私もバイトで着ぐるみに入ったことあるし」

「いろんなバイトしてるんだな」

「まーね! お金が稼げそうなことは一通りやってるかも!」

ギャルっぽい外見の割に、たくましい少女である。倹約家の朱音が親友に選ぶだけあって、経済感覚はしっかりしているのだろう。

朱音が必死に言い募る。

「中身のことなんて考えても仕方ないわ! あれは猫! そして中にも猫が入ってるの! さらにその中にも猫が入ってるの! 純度百パーセントの猫なの!」

「マトリョーシカか」

才人《さいと》は量子レベルの猫が飛び交う箱を想像した。

「とにかく、記念撮影！　あの猫をカメラに収めなきゃ、戦場カメラマンの名が泣くわ！」

「お前はいつ戦場カメラマンになったんだ」

よほど夢中になっているのか、朱音《あかね》は返事もせずに猫の着ぐるみの方へ走っていった。

近くのスタッフにスマートフォンを渡し、集合写真を撮ってくれるよう頼む。

猫の着ぐるみを真ん中に、才人と朱音が左右に並ぶ。

才人の両腕に真帆《まほ》と陽鞠《ひまり》がしがみつき、才人の胸元にめり込む勢いで糸青《しせい》が後頭部を押しつける。才人の周りだけ人口密度が異様に高い。

スマートフォンのカメラを構えた女性スタッフが笑った。

「お兄さん、モテモテですね～」

「モテモテではないです」

即否定する才人。陽鞠はともかくとして、糸青は妹だし、朱音は嫁だし、真帆は嫁の妹だしで、ほぼ家族旅行だ。

真帆が余計な情報を漏らす。

「すっごい女泣かせなんですよ～！　この中の二人がおにーちゃんに告白して、二人がおにーちゃんと寝てますからね！」

「おい お前——!!」

才人は密告者の口を封じようとするが、真帆はきゃっきゃっと笑って逃げ回る。完全に愉快犯だ。

「才人くん!? 寝たことのある二人って誰!?」

陽鞠が顔色を変えて問いただす。

「シセだ……小さい頃に……」

才人は無理やり答えを絞り出した。

「もう一人は誰!?」

「そんなヤツはいない。いるわけがないじゃないか……」

「詳しく話聞かせてもらえないかな!?」

陽鞠に抱き締められている才人の腕が、圧力でもげそうだ。

朱音がパニックに陥って妙なことを口走るのでは、と案じる才人だが、朱音は夢見る瞳で猫の着ぐるみを見つめていて、こちらの争いには気づいていない。結構な大声で皆が叫んでいるのに、彼女にとっては猫の方が重要らしい。

着ぐるみから男性の低い声が聞こえた。

「……死ねばいいのに」

「!?」

ぎょっとして声の源を確かめる才人《さいと》。

間違いなく、今の呪詛《じゅそ》の言葉は着ぐるみから聞こえた。黒々とした怨念《おんねん》の渦が、着ぐるみの至るところから染み出している。

可愛《かわい》らしい猫だなんてとんでもない、この着ぐるみは恨《うら》み辛《つら》みの権化だ。だというのに、少女たちは呪詛の言葉になんの反応も示していない。

——俺にだけ聞こえる周波数で罵ったのか⁉　遊園地で未知の技術の実験を……⁉

陰謀論に囚《とら》われそうになる才人。

そうこうしているうちに、スマートフォンを構えたスタッフが呼びかける。

「はーい、皆さん。よろしいですかー？　撮りますよー？」

「一億年前から準備万端よ！」

「化石になってるだろ！」

朱音《あかね》は気合い充分だ。

この撮影に人生がかかっているとでも言うかのように、ショルダーバッグに手を添えて体を傾《かし》げ、写真写りの良い角度に顔を構え、きりりとした表情で待っている。

そのとき、才人は目撃してしまった。

邪悪な波動を撒《ま》き散《ち》らす猫の着ぐるみが、朱音の腰に手を回し、舌なめずりの音をさせながら、手を尻の方に下ろしていこうとしているのを。

「ソイツから離れろ！」

才人は朱音の手を引っ張って、着ぐるみから引き離す。

同時に響く、カメラのシャッター音。

「ちょっと!? なんでジャマするのよ!?」

朱音が才人に食ってかかる。

「その着ぐるみがセクハラしようとしてたから！」

「はぁ!? 猫がセクハラなんてするわけないじゃない！」

「ソイツは猫じゃねえ！」

「猫よ！」

言い争う二人の前で、着ぐるみがかかとを突いてポーズを取った。両手を広げて肉球をアピールし、にゃあ〜とあざとく鳴いてみせる。

「ほら、猫でしょ！」

憤然と主張する朱音。

——この野郎!!

才人は着ぐるみを殴りたい衝動に駆られるが、朱音が着ぐるみをかばう位置に陣取っているのでどうしようもない。その後ろで着ぐるみが才人に向かって中指を突き上げている。もはや悪意を隠すつもりもないらしい。

「ご確認お願いしまーす」

スタッフがスマートフォンを持って駆け寄ってくる。

画面に表示されている写真では、才人《さいと》が朱音《あかね》の手を握って写っていた。

「こ、こんなの撮り直しよー！」

朱音は真っ赤になって訴えるが、スタッフが頭を下げる。

「すみません、ちょっと後が詰まっていまして……」

「あ……」

モニュメントの周りに、写真撮影を待つ客たちで列ができてしまっている。しかも彼らの視線が妙に痛い。今にも石を投げそうな殺気を漂わせて才人を睨《にら》んでいる。

「これで……いいです……」

朱音はうなだれてモニュメントから離れる。

あまりにも落ち込んでいるので、才人は謎の罪悪感に襲われる。

「なんか……すまん。気に入らないなら消してくれ」

「そこまでしなくてもいいわ……。私は一生この消せない思い出を抱えて生きていくわ……」

朱音は凛々《りり》しくも弱々しく微笑した。

——俺は着ぐるみオジサンに尻を触らせるべきだったのか……!?

才人は己の選択を疑う。

そもそも朱音がセクハラされようがされまいが、才人にとってはどうでもよいことのはずなのだ。なのに、なぜかとっさに手が出てしまった。

「もう……仕方ないわね」

朱音は写真を見つめて肩をすくめると、スマートフォンをショルダーバッグにしまった。たいして怒っている様子ではないのは意外だ。

「ねーねーっ、早くなにか乗ろうよーっ！」

真帆《まほ》が才人の腕を引っ張った。

陽鞠《ひまり》がガイドマップを見て案内してくれる。

「すぐそこに、ジャングルウォーターライドっていうのがあるよ。急流下りみたいなヤツかな。まずはそれに乗ろっか？」

「溺れたらどうするの!?」

朱音は真剣な顔だった。

「大きなゴンドラに乗って流れていくから大丈夫だよ」

「氷山にぶつかるかもしれないし……」

「タイタニックか」

「ジャングルだからワニに襲われるかもしれないし……」

「安心しろ、テーマパークのジャングルにワニはいない」

「ほらほらっ、おねーちゃん、ビビってないで～！」

「び、びびびびってなどいないわ！」

明らかに怯《おび》えている朱音《あかね》の背中を、真帆《まほ》が容赦なく押していく。

ちょうど五人乗りの丸いゴンドラが、乗降場に流れてきた。前の客たちが「やばかったー」「死ぬかと思ったねー」などと興奮気味に言い交わしながら降りていく。結構な飛沫《しぶき》を被《かぶ》ったらしく、髪もズボンもずぶ濡《ぬ》れだ。

「これ、死ぬの……？」

朱音が本気で心配する。

「死なん死なん。絶対安全合法なスリルだ」

「ちょっと待って、過去の事故率をネットで調べるわ」

「そんなの調べたら乗れなくなるんじゃないかなぁ……？」

懸念する陽鞠《ひまり》。

「お客様～！　ゴンドラが行ってしまいますよ～！」

スタッフから急《せ》かされ、才人《さいと》たち五人はゴンドラに乗り込む。

大量の水に押し流されて、ゴンドラが乗降場から人工の川へと出発する。

ジャングルらしさを演出するためだろう、川の両岸にはトラやジャガーなど猛獣の像が配置されていた。川底から作り物のワニが浮上しては、鼻から水を噴き出している。

「兄《あに》くん、さかな。さかながいる」

糸青《しせい》がよだれを垂らしてゴンドラから身を乗り出す。

「……落ちるなよ？」

才人は糸青を膝の上に抱っこして拘束した。

「やはり地引き網を持ってくればよかった」

「遊園地のアトラクションで地引き網漁をやるな」

「手掴《てづか》みで一匹獲《と》れたけど、食べる？」

うにょうにょ動く謎の生命体を、糸青が才人の口元に突き出してくる。繊毛《せんもう》が無数に生えているし、どう見ても魚ではない。

「ソイツを俺に近づけるな！」

「あー」

才人は即座に生命体を奪って遥《はる》か彼方《かなた》に放り捨てた。家族や友人に寄生される危険性はなんとしても避けたかった。

真帆が才人の腕を引っ張る。

「おにーちゃん、おにーちゃん！　向こうに象がいるよ！　みんなで組体操しながら踊ってる！」

どうせ真帆《まほ》の法螺《ほら》だろうと思って見やる才人《さいと》だが、本当だった。

象の集団が、組体操をしながら踊っていた。一段目に三頭の象が並び、二段目に二頭、最上段に王冠つきの象が仁王立ちし、腰を激しく揺らしている。最上段の象の鼻はスプリンクラーになって水を撒《ま》き散《ち》らしている。

「なにをバカな……」

「このアトラクションのコンセプトはどうなっているんだ！」

才人は未来の経営者志望として、遊園地の経営者を問い詰めたい気持ちだった。ジャングルとしてのリアリティを出したいのか、それともファンタジーの世界に客を誘《いざな》いたいのか、はっきりしてほしい。

「このままじゃ、あの下通っちゃうんじゃない!?　びしょ濡《ぬ》れになるわよ!?」

「そういえば、入り口にレインコート売ってあった気も……買ってこようか？」

陽鞠《ひまり》が提案する。

「今さら遅いだろ！」

「ゴンドラから脱出するわよ！」

「脱出した方が濡れるからな！」

才人は朱音《あかね》の服を掴《つか》んで、軽率なダイブを止める。

「もーいいじゃん！　みんなで濡れちゃお！　やっほーい！」

「やっほい」

真帆と糸青《しせい》がノリ良くゲンコツを突き上げ、ゴンドラが象鼻スプリンクラーの射程に突っ込む。

予想以上に激しい水が、ゴンドラに襲いかかってきた。これはスプリンクラーと呼べる域ではない、竜巻《トルネード》である。

「兄《あに》くん……またいつか会おう……」

「逝くなー！」

荒れ狂う嵐に糸青をさらわれそうになり、才人は糸青を抱き締める。

真帆と陽鞠が歓声を上げ、朱音が悲鳴を響かせる。視界が奪われて混乱する一同。

「今、誰か私のお尻触ったわよね⁉ 才人⁉」

「俺じゃねえ！ 俺の尻も誰かに触られている！」

「あーそれアタシアタシ！」

「お前かー！」「あんたかー！」

濁流の渦に翻弄されるゴンドラの上では、傍若無人なセクハラを防ぐ術《すべ》もない。激昂《げきこう》する自然の前に人類は無力、法もまた無力なのである。

結局、全員が濡《ぬ》れ鼠《ねずみ》になってゴンドラを降りる羽目になった。

真帆のシャツは肌に貼りつき、下着の形まで透けている。剥《む》き出《だ》しの肩や太ももを流れていく水滴が色っぽい。

そんな状態にありながら、真帆《まほ》は懲りた様子もない。ショートパンツの両端を指でつまんで持ち上げる。

「あははー、楽しかったねー！　パンツまでびちょびちょだよー♪」

「真帆！　はしたないこと言わないの！」

「だってホントだもん。おねーちゃんのパンツもびちょびちょでしょ？」

「やめなさいーー！」

朱音《あかね》は真帆を捕まえようとするが、真帆は笑って逃げ回る。

彼女たちの濡《ぬ》れ姿がなるべく視界に入らないよう、才人《さいと》は高速で眼球を回転させる。その涙ぐましい努力にもかかわらず、朱音が才人を睨《にら》んでくる。

「こっち見ないで！　みんなの服が乾くまで、目を開けたらダメだからね！」

「俺はどうやって歩いたらいいんだ」

「使えるでしょ、超音波!?」

「使えるか！」

手を挙げる糸青《しせい》。

「シセは使える」

「マジで!?」

糸青ならあるいは、と思ってしまう才人。

「私は別に……才人くんにならら、見られても大丈夫だよ……？」

恥ずかしそうにつぶやく陽鞠《ひまり》は、濡れそぼった服が胸に吸いついて皺《しわ》を作り、普段よりさらに二つの果実の存在感が大変なことになっている。水を含んだ後れ毛が頬《ほお》に貼りついているのも艶《なま》めかしい。

真帆が自分の顎をつまむ。

「ほほう？ つまりひまりんは、今夜のおにーちゃんの夢にエロ担当として登場したいというわけだね!?」

「えっ!? それは…………確かにちょっと嬉《うれ》しいかも」

「ひまりんのえっちー！」

「もー！ えっちじゃないよー！」

互いの両手を組んで跳ねる真帆と陽鞠。

相性抜群なギャル同士、楽しそうなのは良いことだが、話題にされている才人の方としては恥ずかしいことこの上ない。

しかも朱音からは殺意の眼差《まなざ》しを向けられる。

「……変態」

「俺はなにもしていないよな!?」

才人《さいと》は全力で無実を主張する。

「どうせ私も夢の中にえっちな役で登場させてるんでしょ！」

「そんなことは……ない……ぞ？」

ないことはなかった。しかし不可抗力なので許してくれと才人は心の中で贖罪《しょくざい》した。

「なんで口ごもるのよ！　やっぱりあんた……夢の中で私にバニースーツとかを着せているのね⁉」

恐れおののく朱音《あかね》。想像のレベルが小学生並に健全だった。

「そのくらいならいいだろ！」

「良くないわよ！　あんたは今夜から眠るの禁止よ——!!」

「無茶《むちゃ》なことを言うな！」

才人は睡眠ゼロで生きられる超人ではない。朱音によってベッドを封鎖などされたら、翌日の学校生活にも差し支える。

「みんな、次はアレ入ろーよ！」

真帆《まほ》が近くの建物を指差した。

ドーム型の屋根を頂いたコンパクトな建物。白い壁にホッキョクグマやペンギンの絵が描かれ、看板に『氷の館』と記されている。

「アレに……入るのか……？　マイナス三十度の世界とか書いてあるぞ」

「みんなびしょ濡《ぬ》れだし、凍っちゃうんじゃないかなぁ……？」

才人《さいと》と陽鞠《ひまり》は躊躇《ちゅうちょ》した。

「二人とも分かってないなー！　凍っちゃうから面白いんだよ！」

「どういう面白さだよ！」

「いーから、いーから！　みんなでレッツ・凍ろうぜ！」

真帆《まほ》が勢いだけで皆を引きずっていく。よっぽど遊園地が好きなのか、今日は常に増してテンションが高く、手がつけられない。

プラスチック製の透明なのれんをくぐって中に入ると、切れ味のある冷気が襲ってきた。濡れた服が目の前で固まっていく。

館内には氷のブロックが積み上げられて壁を作っていた。入り組んだ通路はもはや迷路だ。サンタクロースやトナカイ、シロクマなど、あちこちに氷像が置かれている。

真帆が壁に手の平を当ててはしゃぐ。

「見て見て、おねーちゃん！　手が壁にくっついちゃったー！」

「やめなさい！　剥《は》がれなくなるわよ！」

「皮膚は剥げるよ！」

「剥げたら困るわよ！」

朱音《あかね》は慎重に真帆の手を壁から離す。ガラス細工でも扱うかのように、優しく自分の両手に真帆の手を包んで、一生懸命さする。

「大丈夫？ 凍傷になってない？ 痛くない？」

「へーきだよー！ おねーちゃんってば心配性だな〜！」

真帆はけらけらと笑って先を進んでいく。

「もう……」

ため息をつく朱音。

並んで歩く才人は感心する。

「お前、結構ちゃんと姉やってるんだな」

「なに？ 私の人格攻撃をしているの？」

「してない！ どう聞いたらそういう解釈になるんだ！」

朱音はすっと眼《め》を細めて才人を見据える。

「裁判所で逢《あ》いましょう」

「なんか格好《かっこ》いいけど、訴訟は勘弁してくれ」

「じゃあ今ここで私が判決を下すわね」

「死刑以外の判決はなさそう」

「当たり」

「当たるな」

日本が法治国家であることを才人《さいと》は心から感謝した。朱音《あかね》みたいな暴君に支配されていたら、命がいくつあっても足りない。

「ねえ……糸青《しせい》ちゃん、どこ行ったのかな……？」

陽鞠《ひまり》の言葉に、才人と朱音は立ち止まる。

「そういえば……さっきから見ていないわね……」

「先に行ったんじゃないのか？」

「ずっと先頭はアタシだよー？」

振り返る真帆《まほ》。

「氷の館には、みんな一緒に入ったわよね？」

「うん。才人くんの隣にいたはずだけど」

朱音が腕組みし、探偵のような顔つきで推理する。

「シロクマに食べられた可能性があるわね……」

「その可能性はない」

「絶対にないとは言い切れないでしょ!?　シロクマは肉食なのよ!?」

「絶対にない。なぜなら生のシロクマはこの館にいないから」

才人は朱音の名推理を切り捨てた。アトラクションの中でシロクマのふれあいコーナーなどを開催していたら、客の被害がたまったものではない。

「シセ！　どこだー!?　シセー！」

才人は呼ばわるが、戻ってくるのは沈黙ばかり。

陽鞠が青ざめる。

「まさか糸青ちゃん……遭難したんじゃ……？」

「こんな狭い空間で!?」

才人はスマートフォンを取り出し、糸青に電話をかけようとする。

「あっ！　あそこ！　しーちゃん、いたよ！」

真帆が指差す先、ロープで仕切られた展示コーナーに、糸青が転がっていた。

人形のごとく瞬《まばた》きもせず、四肢を伸ばして固まっている。長い銀髪は既に氷の床と融合を始めており、まるで氷の精霊のようだ。その後ろで、サンタクロースの氷像が大口を開けて笑っている。

「しっかりしろ！」

才人は糸青を氷の床から抱き上げた。ぺりぺりぱりと、氷の剥《は》がれる音がする。

糸青が血の気を失った唇でささやく。

「はんにんは……さんたくろーす……」

「すぐに解凍してやるからな！」

才人は氷の迷路を走り抜け、館から脱出した。

直射日光の降り注ぐベンチに放置しておくと、徐々に糸青《しせい》の氷が溶けていく。

微動だにしなかった糸青が、うーんと両手を挙げて伸びをする。

「助かった。氷を食べようと寝転がったら、体が貼りついて動けなくなっていた」

「そんなことだと思ったよ……」

「動けなくなる寸前に氷は食べた」

「強いな」

この妹は高校生になっても危なっかしくて、才人《さいと》はなかなか目が離せない。真帆《まほ》のことを心配する朱音《あかね》の気持ちも分かってしまう。

氷の館の次は、ジェットコースターに乗ることになった。

才人も得意な乗り物ではないが、糸青のメイドが運転する車よりはマシである。安全に設計された絶叫マシンとは違って、あれはリアルに生命の危機を感じる。

「おねーちゃんと一緒にジェットコースター乗るの久しぶり！　楽しみだねっ！」

「ええ……楽しみね……」

真帆に手を引かれて歩く朱音は、欠片《かけら》も楽しそうな顔ではない。脚は震え、断頭台に引かれていく囚人の顔だ。

「やったー、一番前が空いてるよ！　ここ座ろうよ！　ラッキーだね！」

「ええ……私は世界一幸運な人間だわ……」

大はしゃぎの真帆と死亡寸前の朱音が最前列に座り、その後ろに陽鞠《ひまり》、もう一列後ろに才人と糸青が陣取った。糸青を一人で座らせると安全バーからすっぽ抜けそうな気がするので、才人はしっかり見張っておく。

「兄《あに》くん、おなかすいた……」

「降りたらチュロスでも買おうな」

「チュロスなら既に買っている。あとは食べるだけ」

「降りたら食べような！」

糸青がポケットから引っ張り出した長いチュロスを、才人は押し込んで戻す。

「美しい景色を眺めながら食べる美食は至高」

「景色見るヒマなんてないからな。絶叫マシンに乗車中の飲食は厳禁だ」

「ほっぺたに詰め込んでおくだけにするから。呑《の》み込むのは降りてからにするから」

「ハムスターか」

二人が話しているあいだに、コースターが動き出す。ゆっくりと垂直に登っていき、嫌な金属音と共に、頂上で停止する。

直後、ジェットコースターが急降下を始めた。

足の浮く奇妙な感覚、体内で臓器の浮遊する違和感。

陽鞠と真帆が歓声を上げる。

糸青《しせい》は特になんの反応もせず、しきりに才人《さいと》に話しかけてくる。

「この遊園地には、オリジナルの鯛焼《たいや》きも売っているらしい。中はお好み焼きのようになっていて、海鮮と絡まったソースの味が絶品だとか」

「お前は普通に会話を続けようとするな！」

「なぜ？　シセは兄《あに》くんとたくさんおしゃべりしたい」

「俺もしたいがＴＰＯをわきまえような！」

メイド運転手の殺戮《さつりく》ドライブに慣れている糸青と違って、才人はコースターの上下運動に対応するだけで精一杯である。

元来、戦争よりは平和を、喧噪《けんそう》よりは静寂を愛する才人のこと、この手の娯楽は好みではない。できれば森の中などで優雅に読書とプロテインを嗜《たしな》んでいたい。

乗る前までは怯《おび》えていたように見えた朱音《あかね》は、悲鳴の一つも上げていなかった。凛《りん》として背を張り伸ばし、刺激が強いはずの最前列に収まっている。

――実はこういうの得意なのか？

意外に感じながら、才人は次の降下に備える。

三百六十度の回転を執拗《しつよう》に繰り返してから、ジェットコースターが乗降場に突っ込んだ。大きめの衝撃と共に、ブレーキがかかって完全に停止する。

「あー、気持ち良かったー♪」

「やっぱりストレス解消にはコレだねー」

根っからの絶叫マシン愛好家らしき真帆《まほ》と陽鞠《ひまり》は、笑顔で出口に向かう。

糸青はさっそくポケットからチュロスを取り出し、むぐむぐと食べている。口から棒状の長いチュロスが生えているようにも見える。

一方、朱音はなかなか座席から立ち上がろうとしない。

「まさか、このまま二周目に行くつもりか？　いったん出ないと……」

才人は近づいていって、朱音の顔を覗《のぞ》き込《こ》む。

朱音は安らかな表情で目を閉じていた。

「気絶してるのかよ！」

才人が叫ぶと、朱音がすぐに目を開き、不思議そうに周囲を見回す。

「あら、まだ始まっていないの？」

「しかも記憶が!?」

「ビクビクしていないで、才人も早く座りなさい。こんなのまったく怖くないから。ジェットコースターなんてちょちょいのちょいよ」

強がる朱音に、才人は溢《あふ》れ出《だ》す涙を抑えられなかった。

「朱音……もう戦いは終わったんだ……」

「戦い？　なにを言っているの？　私にとってはジェットコースターも三輪車も同じよ。

私はジェットコースターを乗りこなせる女よ！」

「分かった……分かったから……。もう行こうな……」

ジェットコースターを乗りこなせる女をなだめすかし、才人《さいと》は出口へ連れて行く。

一部始終を見守っていたスタッフも、そっと目元を拭い、「あの……その方は、あまりジェットコースターにはお乗せにならない方が……」と忠告してくれる。才人は黙ってうなずき、今後は無理をさせないでおこうと決意する。

「次はあれに乗ろうよ！」

「まだなにか乗るの!?」

真帆《まほ》の誘いに、朱音《あかね》の本音が漏れる。

今度の乗り物はジェットコースターに比べれば穏やかだった。洒落《しゃれ》たゴンドラがついた観覧車が、ゆったりと回っている。

「四人乗りらしいけど、どう分かれよっか？」

陽鞠《ひまり》が尋ねると、朱音が手を挙げる。

「あ、じゃあ、私はここで待ってるから、みんなで乗ってき……」

「ダメだよ！　せっかく来たんだから、おねーちゃんもしっかり楽しまないと！　アタシ、おねーちゃんを仲間はずれになんてしたくない！」

真帆は拳を固め、真剣に訴える。

「ううっ……ありがとう……真帆……」

「もー、泣かないでよ、おねーちゃん！ これくらい、妹として当然のことだよ！」

照れくさそうに肩をすくめる真帆だが、朱音が涙ぐんでいるのは感動しているのではなく普通に悲しみに満ちているのだと才人は思う。

「じゃー、いっくよー！ グーとパーで、分かれましょっ！」

真帆と陽鞠と糸青《しせい》がグーを出し、朱音と才人がパーで、三人と二人のグループになる。

ゴンドラに乗り込んだ朱音は、サンダルの爪先をぴったりとくっつけ、自分の座っているところから一ミリも動こうとしなかった。

まだ地上からはたいして離れていないが、下を向いたら負けだと考えているのか、空を見上げて身をこわばらせている。

「お前……よっぽどこういうの苦手なんだな」

さすがに才人も少し可哀想《かわいそう》になってきた。

「ににに苦手じゃないわ！ 存在意義が理解できないだけよ！ 行って戻るだけのことに電力を使うなんて、地球環境に優しくないわ！」

「唐突に環境保護に目覚めたな」

「人間がこんなモノを作るのがいけないのよ！ 諸悪の根源は人類……この世界に人類さえいなければ……」

エコ系のラスボスみたいなことを唱え始める朱音《あかね》。

飽《あ》くまで素直になろうとしないので、才人《さいと》は強硬手段に出る。

「悪しき人類の代表として、俺が今から、観覧車が止まってしまったときの思い出を語ろう。あれは俺と糸青《しせい》が六歳の頃、俺たちが乗ったゴンドラが頂上で……」

「やめてー!!」

朱音は手の平で耳を塞いだ。

壁に背中を寄せ、膝を抱えて縮こまり、自暴自棄に叫ぶ。

「そうよ！　私は絶叫マシンとか観覧車とか、遊園地のアトラクションはだいたい苦手よ！　もう殺して！　殺しなさいよー！」

「別に殺しはしないが……」

「油断させて観覧車から放り出す気ね!?　助けてー！　誰かー！」

殺してほしいのか助けてほしいのか分からない。恐らくは朱音にもよく分かっていないだろう。

「落ち着け。呼んでも誰も来ないし、地上にはすぐ戻れる」

「そう都合良くできているわけがないわ！」

「そうできているんだよ、観覧車は。そんな苦手なのに、どうして遊園地に来たんだ？」

才人は呆《あき》れた。

朱音は決まりが悪そうにそっぽを向く。

「真帆《まほ》を……喜ばせたかったから」

「シスコンだな」

「茶化《ちゃか》さないで」

「茶化してはいない」

気絶するほど怖いのに相手の趣味に付き合うなんて、なかなかできることではない。ただでさえ怖がりの朱音なのだから、その努力は相当なものだろう。

「あの子ね、遊園地とか、お祭りとか、楽しいことが大好きなの。それも一人で行くんじゃなくて、みんなで賑《にぎ》やかに遊ぶのが好き。きっと、小さな頃はいつも一人で寝込んでいたからでしょうね」

「昔の反動ってヤツか……」

「あの子、本当につらい思いばかりしてきたから。だから、私はできる限り真帆の願いを叶《かな》えてあげたいの」

朱音は自分がつらい思いをしているかのように唇を噛《か》む。

彼女にとって、妹の痛みは自身の痛みなのだろう。それほどまでに想《おも》われる真帆のことが、才人は少し羨ましくなる。

「でも、ここまで無理をしなくてもいいんじゃないか。真帆のことは俺たちに任せてくれても……」

「ずっと遠くにいた真帆《まほ》が、やっと日本に帰ってきてくれたのよ？　海外旅行はあの子の夢だったから、自由にさせてあげたいけど……寂しくて。せめてあの子が日本にいるあいだくらい、なるべく一緒にいたいのよ」

朱音《あかね》は肩をすくめて微笑《ほほえ》んだ。普段は我の強いところばかり目立つ少女だが、今日の朱音は姉らしい。けれど、その顔は真っ青で、膝は震えていた。語りながらも、必死に下を見ないように努めている。

そんな朱音の姿に、才人《さいと》は苦笑してしまう。

「手、握るか？」

「は!?　な、なによ、急に!?　二人っきりだからって、変なことをするつもり!?」

「手を握っていたら、ちょっとは怖くなくなるんじゃないかと思っただけだ」

「よ、余計なお世話よ……」

朱音は唇を尖《とが》らせながらも、才人の差し出した手におずおずと触れる。才人がしっかりと手を握り締めると、朱音の震えが徐々に治まっていく。

――お前はいつも、頑張りすぎなんだよ。

才人は朱音のやわらかな手の平を感じながら、窓の外の景色を見下ろした。

二人を乗せたゴンドラは頂上に来ていて、まるで静止しているかのようだ。二人以外の人間は豆粒よりも小さく、まだらの模様となって大地に溶け込んでいた。

少女の微《かす》かな息遣いが聞こえる。朱音はまぶたを閉じて、才人に我が身を委ねていた。

——大人しくしているときは、可愛《かわい》いんだけどな……。

天敵であるはずの彼女が無防備な姿を晒《さら》している様子に、才人は見入ってしまう。穏やかな時間が過ぎ去るのがもったいなくて、観覧車が本当に止まればいいのにと思う。

気がついたときには、ゴンドラは地上に戻っていた。

係員が扉を開ける音で、朱音がはっと目を開く。慌てて手を引っ込め、ゴンドラから降りようとして転びそうになる。

陽鞠《ひまり》が首を傾《かし》げた。

「あれ？　朱音、今才人くんと手を繋《つな》いでなかった？」

「つ、繋いでないわ！　私が才人とそんなことするわけないでしょ！」

「そっかなぁ……。繋いでたように見えたんだけど……」

「あり得ないわ！　手が腐るでしょ！」

顔を真っ赤にして叫ぶ朱音。

手が腐るはないだろ、と才人は内心で嘆息する。可愛いと感じたのも束《つか》の間《ま》、やはりこの少女はただの天敵だ。見た目だけは良いせいで、ついつい騙《だま》されてしまうのだ。

真帆が朱音の腕に抱きつく。

「おねーちゃん、おねーちゃん！　次はお化け屋敷に入ろ！　ここのは世界一怖いって有名なんだって！」

「世界一!?」

「そ！　なんか怪談のプロ？　みたいな人も、このお化け屋敷に入ったら泡吹いて倒れて、二週間ぐらい起き上がれなかったんだってー。楽しみだね！」

「………………」

朱音《あかね》は口をぱくぱくさせて才人《さいと》の方を見やった。助けて……と必死に訴えるような眼差《まなざ》し。そんな目で見られたら、いくら天敵といえど見殺しにするわけにはいかない。

「朱音はちょっと用事があるみたいだから、お化け屋敷は俺が一緒に入るよ」

「用事？　なんの？」

「えーと……それは……なんだ。勉強だよ」

「今しなくてもよくない!?　遊園地だよ!?」

「ガリ勉の朱音は勉強をしない時間が長くなると禁断症状が出るんだ。無差別にあらゆる人間を襲い始める」

「おねーちゃん……いつの間にそんなことに……」

哀《かな》しみに暮れる真帆《まほ》。

「じゃ、じゃあ、先に行ってるね、朱音」

「無差別殺戮《さつりく》はなるべく控えて」

優しく理解を示してくれる陽鞠《ひまり》と糸青《しせい》。

「ありがとう……」

三万回殺す！　みたいな視線を才人に向けてくる朱音。

彼女の評判を損なったことには反省する才人だが、他に効果的な言い訳を思いつかなかったのだからやむを得ない。

「仕方ないなぁ～。じゃあ、おにーちゃんで妥協してあげるよ！　アタシは寛大だからね！」

「めちゃくちゃ偉そうだな」

「ウソウソ！　いっぱいイチャイチャしよーね！」

「泡吹いて倒れるような場所でそんな余裕はないと思うが……」

真帆と二人で才人はお化け屋敷に入っていく。

中は闇に満たされ、数メートル先の視界も覚束《おぼつか》なかった。壁からは生白い手が無数に生えて揺らめき、奇妙なうめき声があちこちから聞こえてくる。

通路の先に、ぼんやりと明かりが灯《とも》った。

光を帯びた血痕が、通路の両脇を染めていく。その光に導かれるようにして、奥から異形が近づいてくる。両手を前に突き出し、よろめきながら歩いている。凄《すさ》まじい悪臭が、圧倒的なプレッシャーと共に吹きつける。

「なんか来るよ！　やばいよ！　なんとかして！」

「なんとかってどうするんだ！」

「おにーちゃんが囮《おとり》になってアタシを逃がすとか！」

「お前が囮になれよ！」

「可愛《かわい》いアタシが死んだら世界の損失だよ!?」

「俺の頭脳が失われた方が世界の損失だ！」

「のーみそなんて地面からいくらでも生えてくるでしょ！」

「生えてくるか！　ホラーすぎるだろ！」

どちらが貴重な犠牲になるかで熾烈《しれつ》な争いを繰り広げる、才人《さいと》と真帆《まほ》。一秒でも長く相手をこの場に引き止めようと掴《つか》み合《あ》い、結果として二人とも動けなくなっている。

そうしているうちに異形は容赦なく迫り、二人の上に襲いかかる。

「キシャアアアアア！」

「「…………………」」

黙って異形を見つめる二人。

左右の目玉がこぼれ落ち、体が腐敗した、ゾンビのような化け物だ。和風のアレンジが加えられており、体の至るところにお経らしきものが記されている。

「キシャアアアアアア!」

「「…………………」」

「ホンギャアアアア!」

和風ゾンビが目玉を振り回し、口から紫色の唾液を吐き散らす。

「わー、すっっっっごいよくできてるー!」

真帆が歓声を上げ、ゾンビがびくっとした。

「ねっねっ、おにーちゃん! アタシ、こんなリアルなゾンビ初めて見たよー!」

「まるで本物だな……。唾液が出る機能まで組み込まれているとは……」

才人はまじまじとゾンビを観察する。ゲームの中では無数に殺戮《さつりく》している敵だが、こうやって間近に接すると親近感も湧いてくる。

真帆がゾンビの真似《まね》をして両手を上げる。

「きしゃー! って演技もめちゃくちゃ上手《うま》かったよねー!」

「迫真の演技だったたな。スタッフへの教育が行き届いているということだろう。エンターテインメントをやるからには、ここまでこだわりたいものだ」

才人は経営者目線で感服する。

「サインちょーだい! 記念写真も撮らせて!」

人懐っこくゾンビに近づき、ピースをする真帆。才人を含めて三人、スマートフォンで写真を撮影する。血に染められた壁にフラッシュの光が輝く。

「うううううぅぅぅ……」

ゾンビは泣き声を漏らしながら、通路の奥に走り去っていった。

「はー、退場するときも演技を忘れないなんて、プロだねー！」

「本気で泣いていたような感じもするが……」

もっと怖がってやらなければいけなかったのだろうか、と才人《さいと》は思う。とはいえ、ゲームで見慣れている敵が現れても、「また会ったね」と再会を喜ぶ心境にしかなれない。

才人と真帆《まほ》はお化け屋敷の探索を進める。

「おにーちゃん！　生首！　生首が飛んでるよー！　かわいー！」

「ピアノ線などは見当たらないが、どうやって飛ばしているんだ？　構造が気になる」

「うわっ！　なんか踏んだと思ったら、死体だった！」

「ふむ……死後硬直の状態からして、二日前に死んだという設定か……」

「わー！　人形がいっぱい歩いてくるー！」

「なぜ西洋人形と日本人形が交じっているんだ？　もう少しコンセプトを絞ってほしい」

あれこれと批評しながら歩くのは、探索というよりお化け屋敷の散歩である。世界一怖いはずなのに、緊張感が欠片《かけら》もない。

「……お前、実はお化け屋敷は向いてないんじゃないか？」

恐怖がないなら、それはただの屋敷だ。

「えー？ なんで？ アタシ、お化け屋敷大好きだよ？ 一緒に入った子が怖がるの見るの楽しいもん♪」

「嫌がらせか！」

真帆は訳知り顔に鼻を突き上げ、人差し指を回す。

「嫌がらせじゃないよー、愛だよー。可愛《かわい》い女の子が怖がって抱きついてくるのとか最高でしょ？」

「でしょ、と言われても分からん」

「はいはい、どーてーどーてー♪」

「貴様……」

歌うようにからかわれ、才人は頰《ほお》を引きつらせる。童貞である自分のことは誇りに思っているが、何度もバカにされると腹立たしいものがある。

――お仕置きとしてお化け屋敷に放置していくか？ いや、コイツは別にダメージは受けないだろうな……。

才人が考えていると、真帆が急にうずくまった。地面に手を突き、苦しそうに肩で息をしている。

「どうした？」

「ん……ちょっと気分が悪くて……。はしゃぎすぎて、疲れちゃったのかな……」

「大丈夫か？」

「自分で歩くのは無理そう……。おんぶして……」

真帆《まほ》は消え入るような声で訴えた。ついさっきまでの生意気盛りな少女とは、まるっきり様子が違う。

「しょうがないな。乗れ」

才人《さいと》は真帆に背中を向けて屈《かが》んだ。

真帆が才人の首に腕を回し、弱々しくしがみついてくる。

才人は両手で太ももを掴《つか》んで、真帆の体を持ち上げた。剥《む》き出《だ》しの太ももの鮮やかな感触が、才人の手の平に食い込む。少女の甘酸っぱい匂いが、才人の全身を包み込む。

才人は真帆を背負って、お化け屋敷の通路を急いだ。

以前、高熱を出した朱音《あかね》を病院に運んだこともあるが、そのときの朱音よりも真帆の体は軽い。腕も脚も病的に細く、息は絶え絶えで、才人は心配になってくる。

暗闇からお化け屋敷の外に出ると、強烈な陽射《ひざ》しに目眩《めまい》がした。

「向こうに休憩できるところがあるみたい……連れてって」

真帆が通りを隔てた建物を指差した。

クリーム色の屋根を頂いた建物に、「休憩所」との看板が掲げられている。引き戸を通った中にはソファがいくつか置かれ、床に硬めの絨毯《じゅうたん》が敷かれていた。園内の端にあるせいか、才人たちの他に客はいない。

才人はソファに真帆の体を横たえた。

真帆は華奢《きゃしゃ》な腕で目元を覆い、荒い吐息を漏らしている。ぐったりと伸ばした脚がソファから落ち、ショートパンツの布がずり上がっていた。

才人は真帆に尋ねる。

「なにか飲んでる薬でもあるか？　今、朱音を呼んでくるから……」

「はーい、ウソでしたー！　おにーちゃんにおんぶしてほしかっただけだよー！」

真帆が跳ね起き、才人に飛びついてきた。

「は……？　ウソ……？」

「このくらいで騙《だま》されちゃうなんて、おにーちゃんはやっぱドーテーだねー！」

けらけらと笑う真帆。面白くてたまらないのか、目に涙まで浮かべ、才人の頰《ほお》を指でつついて遊ぶ。

才人は腹の底から怒りが込み上げるのを感じた。

「仮病はやめろ！　本当に心配したんだぞ！」

「……へ？　心配……？　アタシのことを？」

真帆はきょとんとした。

「当たり前だ！　冗談でも、やっていいことと悪いことがある！　こんなくだらないウソで俺を騙《だま》して、もしマジで具合悪くなったときに信じてもらえなかったらどうするんだ？　救急車を呼ぶのが遅れたら？　取り返しがつかないことになるだろうが！」

「そ、そんな怒らなくても……」

「怒る。お前が理解するまで、怒り続ける」

「うー。ほらほらっ、アタシめちゃくちゃ元気だよ？」

才人《さいと》の前でくるりと回ってみせる真帆《まほ》。急に動いて立ちくらみがしたのか、足元がふらついて才人に抱き止められる。

才人は大きくため息をついた。

「とにかく、びっくりするからこういう冗談はやめてくれ。いいな？」

「……うん。ごめん」

うつむく真帆。小さな耳たぶが、赤く染まっていた。


ひたすら遊園地を引っ張り回され、才人が帰宅したときには外は真っ暗になっていた。

朱音《あかね》は足下も覚束《おぼつか》ない状態で、リビングのソファに座り込む。

「今日は疲れたわ……。もう十年くらい家にこもっていたい気分よ……」

「だろうな」

真帆《まほ》に付き合ってだいぶ頑張っていたもんな、と才人《さいと》は内心で付け加える。

あの後も、バイキングやら回転ブランコやら体験型シアターやら、刺激の強いアトラクションばかり参加させられ、その度に朱音《あかね》は悲鳴を上げていたのだ。

「アタシはまだまだ遊び足りない気分！　面白いゲーム見つけたから、一緒にやろうよ！」

真帆はパッケージにゾンビの描かれたゲームを差し出す。

「また……今度ね……」

朱音は日曜日の早朝から子供に叩《たた》き起《お》こされた親のようにやつれている。大の苦手であるゾンビに拒否反応を示す余裕さえない。

「今日の夕飯は俺が準備しよう」

「殺す気!?」

才人の善意の提案に、朱音がぎょっと目を見開いた。

「殺す気とは、どういう意味だ？」

「どうせまたプロテイン入りのおかゆとか作る気でしょ!?」

「そうだが？」

「当然みたいな顔しないで！　人間の夜ごはんにはプロテインなんて混入しないの！」

「それは先入観だろう。俺の計算によると、人類の二分の一はプロテインを夕飯にしていると思われる」

「おかゆはいやぁ……」

震える真帆。

「プロテインはいやぁ……」

震える朱音。

「そんなにか」

姉妹二人から断固として拒絶されたら、才人としても方針を転換せざるを得ない。栄養さえ摂《と》れれば問題ないとは思いつつも、作った料理を残されるのも切ない。

「あまり合理的ではないが……コーンとニンジンとグリーンピース、それにひき肉でカレーでも作ろう。プロテインは入れない。これで満足か？」

「大満足よ！　最初っからそういうの作りなさいよ！」

「栄養のバランスが悪いだろう」

「プロテインおかゆの方が悪いわよ！」

「……まあいい」

見解の相違について争っても、余計に体力を消耗するだけだ。遊園地が大の苦手の朱音ほどではないが、才人もそれなりに疲れている。

「おにーちゃんって、もしかして頭が……？」

「そう、頭が……」

後ろでささやき合う失礼な姉妹は放っておいて、才人《さいと》は料理を始める。

炊飯器に米と水を入れ、早炊きのスイッチを押す。米は洗わない。せっかくの栄養分を洗い落としてしまいたくないからだ。

カレーにコーンやグリーンピースが入っているのは見たことがないけれど、色数が多い方が栄養のバランスは良いと本で読んだことがあるから、構わないだろう。

無論、味見などの非合理的なことはやらない。味を調整しても栄養は変わらないし、そもそも才人には調整の仕方が分からない。ルーという文明の利器を信じるのみだ。

三十分ほどで効率的にカレーライスを仕上げ、テーブルに置いた。

朱音《あかね》は恐る恐るスプーンを口に運び、目を見張る。

「カレーライスの……味がするわ……！」

「カレーライスだからな」

「プロテインの味も、サプリメントの味もしない！　これは……料理だわ！　才人、やっと料理が作れるようになったのね！」

朱音は涙ぐんでいた。

「俺は昔から料理ぐらい作れるぞ。小学生のときには既にカップ麺を作っていた」

「うんうん、そうよね、そうよね」

生温かい眼差《まなざ》しを向けられ、才人は子供扱いされている気がする。

「おねーちゃんの料理の足元にも及ばないけど、まあ、合格なんじゃない？ 胸を張って生きていいよ、おにーちゃん」

「お前はどこの上から目線なんだ」

「アタシの嫁に来てもいいよ！」

真帆《まほ》は片目をつぶって親指を立てるが、才人は男だし、もう結婚はしている。学年一の天才がこの程度のメニューで大騒ぎされるのは心外である。

とはいえ、自分でカレーライスを作ったのは初。実家で一人の食事を取っていた頃なら、わざわざ作ろうとは思わなかっただろう。ちょっとバカにされてはいても、姉妹二人が笑顔で食べてくれるのは悪くない。

そんなことを考えながら、才人はカレーを頬張《ほおば》った。


夕飯の片付けを終えた才人は、軽くシャワーを浴びて寝室に入った。

一日中出かけていたせいで、まったく読書できていない。読みさしのミステリの続き、犯人の正体が気になるけれど、今日はさすがに本を開く体力はなさそうだった。

ベッドの毛布には、一人分の膨らみがあった。その膨らみが、呼吸に合わせて上下に動いている。疲れ果てた朱音《あかね》は、既に眠ってしまったのだろう。

朱音を起こさないよう、才人《さいと》は静かにベッドに潜り込む。

毛布の中は、風呂上がりの少女の熱を帯びていた。二人暮らしを始めたばかりの頃は慣れなかった他人の体温に身を委ね、才人は目を閉じて眠りに落ちていこうとする。

才人の肩に、細い体が擦り寄ってきた。

寝ぼけているのかと才人は思うが、どうもそんな様子ではない。少女は毛布を波打たせて才人の腰にまたがり、悪戯《いたずら》っぽく見下ろす。

「お前——」

「しいっ……」

才人の唇に、そっと人差し指を当てる。

薄闇で吸血鬼のように目を光らせているのは、真帆《まほ》だった。

「大《お》っきな声、上げないの。おねーちゃんが来たら、困るでしょ?」

幼児を甘やかすときの、笑みを含んだ声音。

「こんなところで、なにをしている……?」

「決まってるじゃん。夜這《よば》いだよ、夜這い♪」

その言葉に違《たが》わず、真帆は扇情的《せんじようてき》な下着姿だ。まとっているのは、レースのベビードール。大胆に胸まで透け、中心の形がはっきりと見て取れる。

胸元から裾にかけては前が左右に分かれ、マネキンよりも細い腰がくねっている。薄い生地の裾で覆われてはいるが、下はなにも着けていないように見える。

艶《あで》やかに美しい少女は、月夜に舞い降りた蝶《ちょう》だった。非の打ち所のない首筋、優美な丘陵を描く肩、なめらかな腕から、瑞々《みずみず》しい色香が溢《あふ》れ落ちている。

そして、二本のお下げを解いて長い髪を下ろした姿は、恐ろしいくらい「あの子」にそっくりだった。

卒業記念パーティで出逢《であ》った少女。心の底にこびりついて消えてくれない、童心の淡い想《おも》い。記憶力の高い才人でなければ、忘れられたのかもしれないけれど。

「……お前に聞きたいことがある」

「なに？」

少女が、しとやかに首を傾《かし》げた——あの思い出のままに、優しく微笑《ほほえ》んで。

例のパーティには、祖父の天竜《てんりゅう》の知り合いが大勢呼ばれていた。天竜と千代《ちよ》が旧知の仲だったのなら、千代の孫である真帆が来ていてもおかしくはない。

才人は緊張で舌が渇くのを意識する。

「お前……昔、俺に逢ったことはないか？　じーちゃんのパーティに、来ていなかったか？」

「いつのパーティ？」

「俺が小学校を卒業したとき、別荘でやったパーティだ。俺が逢《あ》った、ある女の子に似ているんだ。長い髪が綺麗《きれい》な子だった。二人きりでたくさんしゃべったのに、名前も聞いていなくて、連絡先も分からなくて。今さら探すのも、気持ち悪がられそうで……」

真帆《まほ》がくすりと笑う。

「初恋の子のこと、話してるみたい」

「そういうわけじゃ……」

才人《さいと》は羞恥心に苛《さいな》まれた。

色恋沙汰など興味のない自分が、こんな必死になるなんておかしい。だが、手が届くところにあの子がいるのかもしれないと思うと、気ばかりが急《せ》いてしまう。

「その子って、もしかして……」

真帆は虚空を見つめていたが、ううん、と首を振った。

才人の上に覆《おお》い被《かぶ》さり、耳に唇を寄せる。

「教えてあげよっか」

「え……？」

「それ、アタシ」

「……！」

才人は鼓動が速まるのを感じた。頭の奥で、脈が激しく鳴っている。

「やっと逢えたね。アタシのこと、そんなに想《おも》ってくれてたんだ」

「どうして黙っていた？」

吐き出す声が、息苦しい。

「恥ずかしかったからに決まってるでしょ。でもこれで、両想いってことだよね」

真帆が才人の首筋に、ひんやりとした鼻を触れさせる。才人に自分の甘い匂いを擦り込むかのように、細い腰を密着させてくる。

やめさせなければいけないのに、才人は真帆を振り払えない。思いがけない再会に動揺して、思考が上手《うま》く働かない。あの頃の想いがこれほど強く自分の中に息づいていたなんて、今の今まで気づかなかった。

真帆が才人の寝間着に手をかけ、ボタンを外していく。

「お、おい……」

「いいでしょ？　おにーちゃんは、大好きなアタシと結婚するの。だったら、こういうコトするのが普通でしょ？」

「それはそうかもしれないが……先にもっとお互いを知り合わないか？」

才人はずっと、あの子と話したかったのだ。その先は想像もしていなかったし、穢《けが》すのがもったいないくらい、あの子との思い出は神聖なものだった。

「カラダで知り合った方が早いでしょ？　おにーちゃんは、初恋の子に触れられるの、イヤなの？」

才人《さいと》は返答に詰まる。真帆《まほ》に密着されているのは、決して不愉快ではなかった。当時の面影が残った顔立ちも、彼女の匂いも、本能的に心地良かった。

真帆が才人の頰《ほお》を両手で挟み、愛くるしい唇を寄せて、ささやく。

「大好きだよ、おにーちゃん。いっぱい楽しませてあげる」

その言葉は蜂蜜とシロップにまみれて甘い。濃密な甘さに、脳が侵食されそうになる。

けれど、才人は違和感を覚えた。

なにかが違う。とろけるような声の奥に、苦い棘《とげ》がある。

真帆の瞳には、才人の姿が映っていない。

「お前……俺のこと、本当は嫌いだろ」

びくりと、真帆が肩を震わせた。

「なに言ってるの？　アタシはおにーちゃんに告白もして……」

「どんなに丁寧に繕っても、上っ面だけじゃバレるんだよ。お前の言葉には、朱音《あかね》の言葉みたいな力がない」

朱音の放つ言葉には、一つ一つに激情がこもっている。凄《すさ》まじいエネルギーで叩《たた》きつけられる感情に慣れている才人にとって、真帆の演技は紙きれのようにしか思えない。

「……そうだよ。大嫌いだよ」

初めて、彼女が素顔を見せた。

鮮烈なまでの憎悪。それはどこか朱音に似ていて、馴染《なじ》み深《ぶか》いものだった。

「でも、そんなことはどうでもいいの！」

真帆は才人の唇に自分の唇を重ねようとしてくる。

彼女の頭を掴《つか》んで阻む才人。ベッドの上で揉《も》み合いになり、絡み合いながら転げ回る。

二人の着衣がはだけ、剥《む》き出《だ》しの肌が重なる。

才人をベッドに押しつけながら、馬乗りになった真帆が息を荒らげる。

「いいじゃん、キスぐらい。アタシのファーストキスだよ？　男子ならみんな欲しがるヤツだよ？」

「大嫌いな相手にキスをしようとするとか、まったく意味が分からないんでな……。とりあえず説明しろ！」

「うるさい！　全部やることやったら、説明してあげる！」

「今やっと、お前は確かに朱音の妹なんだなって思ったよ！　無茶苦茶《むちゃくちゃ》すぎる！」

感情のままに暴走する姿は、朱音そっくりだ。違いは髪の長さくらいで、こうやって暗がりにいると同じ少女に見えてしまう。

そのとき、寝室のドアが開いた。

「な、な、な………」

朱音《あかね》が入り口に立ち尽くし、肩をわななかせている。

ベッドの上にいるのは、半裸で抱き合った才人《さいと》と真帆《まほ》。

——殺される！

才人は身を凍りつかせた。

元から潔癖症の朱音が、大切な妹に手を出されたと思ったら、どんな暴挙に出るか知れたものではない。

ただでさえ危機的な状況なのに、真帆がさらに誤解を煽《あお》る。

「おにーちゃんのこと、アタシが食べちゃった。ごちそーさま♪」

「ちょ、ちょっと待て。冷静になれ、朱音。どうしてこうなったのか、俺が順を追って……」

才人はなだめようとするが、激怒した朱音に理屈が通じるはずもない。

朱音の拳が固められ、その口が震えながら開く。

「才人も真帆も、だいっきらい!!」

二人は荷物をまとめる時間すら与えられず、家から叩《たた》き出《だ》された。

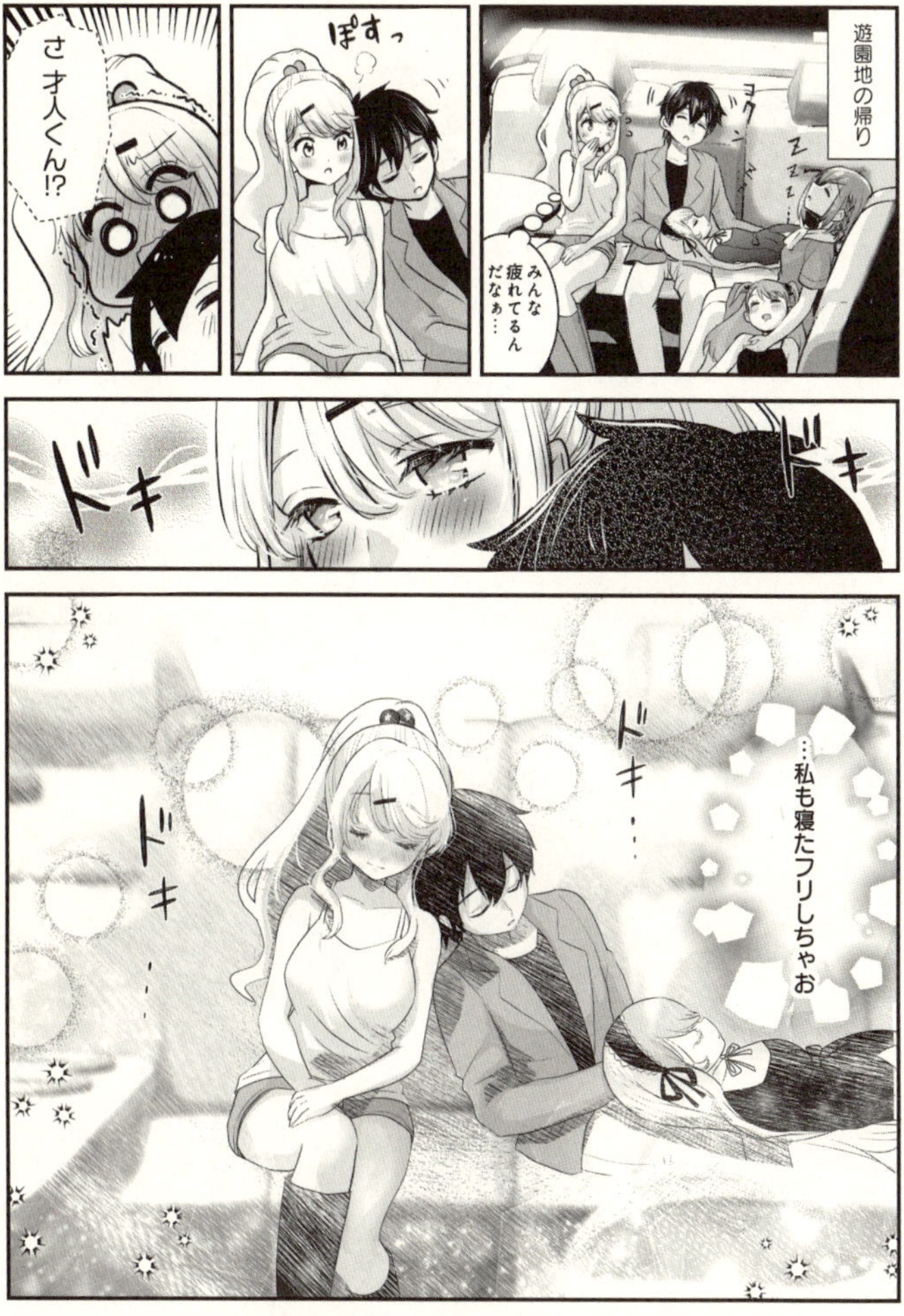
遊園地の帰り
みんな疲れてるんだなぁ…
ぽすっ
さ才人くん!?
ドキ
ドキ
…私も寝たフリしちゃお
ドキ…
ドキ…

第四章
『妹心』
episode4

才人《さいと》と真帆《まほ》は玄関の前で待っていたが、扉は固く閉ざされ、いつまで経《た》っても開く気配がない。厚い扉越しにも、朱音《あかね》の激しい怒りが伝わってくる。

「これは落ち着くまで時間かかるな……」

むしろ冷静になるときは来るのだろうかと才人は危ぶんだ。

「どうする？　野宿でもする？」

こんな状況になっても、真帆は目をきらきらさせて楽しそうだ。幼い頃は病弱少女だったなんて信じられないくらい活力に満ちている。

「今夜は雨になるって天気予報で言っていたし、野宿は避けたいところだな」

近所の目もあるし、このまま自宅の前で棒立ちしているわけにもいかない。才人はかろうじて寝間着を着ているが、真帆に至ってはあられもないベビードール姿だ。いったいなにがあったのかと騒がれてしまう。

「ちょっと服を買ってくるから、ここで待っていろ」

追い出されるときになんとか持ってきたスマートフォンを片手に、才人は歩き出す。

「アタシも行くー！」

下着姿で堂々とついてくる真帆。

「ここで待っていろ！　警察沙汰になるだろうが！」

「一人で行って襲われたらどうするの!?」

「そのときは叫べ。朱音が助けてくれるだろ」

「アタシが心配してるのは、おにーちゃんのことだよ!?」

「俺には襲われる要素はない」

真帆は力強く言い放つ。

「アタシだったら襲うよ!?　そんなセクシーな格好してたら！」

「世の中、お前みたいな無法者だらけじゃないんだ」

才人は乱れた寝間着を整える。寝室で真帆にボタンを外されたのを忘れていた。これでは不審者として通報されても文句は言えない。

――きっと真帆は、姉を俺に盗《と》られた気がしたんだろうな。

コンビニを目指しながら、才人は考える。

あの姉妹の親密さは特別だ。病弱な妹を責任感の強い姉が世話をしていたからこその絆《きずな》なのかもしれないが、真帆は朱音を熱烈に愛している。

姉が知らない男と結婚してしまって、見捨てられたような感じがして、妹は許せなかったのだ。だから、真帆は才人を籠絡することで、姉から引き離そうとした。それが今夜の騒動の原因に違いない。だとしたら、真帆《まほ》はまんまと成功したと言える。

才人《さいと》は最寄りのコンビニに入り、使えそうな服を探した。

さすがにズボンやスカートは見つからない。才人は男物のTシャツを手に取り、スマホ決済で購入した。現金なしでも生き延びることができるのは、文明の進歩だ。

才人が自宅の前に戻ると、真帆は地面に座り込んで待っていた。

渡されたTシャツを頭から被《かぶ》る。サイズが大きいお陰で、無事に太ももまで隠れた。善意の通行人は、Tシャツの下にショートパンツを穿《は》いていると思ってくれるだろう。

真帆はTシャツの布をつまんで見下ろす。

「うわー、かっこわるー。おにーちゃんってセンスないねー」

「贅沢《ぜいたく》言うな。間に合わせの服だ」

「遊園地で着ていた服もやばかったよ？　なんか、五十年くらい前の流行《はや》りみたいってゆーか。高いブランドなのは分かるんだけどさー」

「じーちゃんが送ってきた服だからな」

「センスがない人は、服を着ないで歩くのがオススメだよ♪」

「騙《だま》されないぞ」

才人と真帆は自宅から離れる。

住宅街は車の往来もほとんど失《う》せていた。耳障りな音を立てる街灯に、羽虫が舞っている。シルエットしか見えない生け垣から、きつめの花の香りがする。

ちらほらと常夜灯《じょうやとう》の光が漏れてくる道を、二人は並んで歩く。

「おにーちゃんも、ちょっとはオシャレしなきゃダメだよー。今度、アタシがいろいろ教えてあげるから」

「結構だ。俺がオシャレしても特にメリットはない」

「女の子にモテるよ?」

「モテる必要はない」

とっくに結婚してしまっている以上、無駄に色恋に関わってもトラブルが起きるだけだ。たとえば今夜のように。

「世界中の女の子を操ってお金を貢がせたりできるよ?」

「そんなクズの生き方は貫きたくない」

「はー、ホントにおにーちゃんはダメダメダメ男だな〜」

呆《あき》れる真帆。

呆れられる道理がまったくない才人。

オシャレの価値を否定しているわけではないけれど、才人の夢の実現には役に立たないし、それよりは本を読んで情報を蓄積していた方が有益だ。

「というか、お前は自分の家に帰ればいいだろう。俺が送るから」

「きゃー、おにーちゃんってば送《おく》り狼《おおかみ》!?」

真帆《まほ》はわざとらしく手を組んで身をくねらせた。

「狼にはならん」

「送り人？」

「お前はもう死んでいるのか」

「送りカピバラ？」

「平和なことしか起きなそう」

「送りキノコ？」

「どうやって送るんだ。その場から動けないだろ」

そして才人《さいと》は菌類ではない。人類である。

「おにーちゃんは自分の家に帰るの？　だったらアタシ、おにーちゃんの家に泊まってみたいな！　どきどき♪」

オノマトペを口で言う人間は信用しないと才人は決めている。とりわけこの少女は油断も隙もない。

「俺は実家には帰れないんだ。結婚した後、いつの間にか玄関の鍵も替えられていたからな」

真帆が口元を手で覆う。

「え……親に嫌われてるの？」

「まあ……そうだ」

「へ、へえ……。なんか……ごめんね？」

「そこは笑ってくれよ！」

事実ではあるが、あまりマジな反応をされると才人も切ない。もはや両親にはなにも期待していないとはいえ、半生を過ごした家には愛着もある。

「シセの家に泊めてもらえたら助かるんだが……こんな遅くに押しかけるのは迷惑だな。俺は適当にネカフェでも探して泊まるよ」

「じゃあ、アタシも付き合う！ おにーちゃんだけ一人にさせるのは可哀想《かわいそう》だからね！」

真帆は力強く胸を叩《たた》いた。

「いや、帰ってくれ」

才人は真顔で手を振る。

「遠慮しなくてもいーよ！ アタシならへーきだから！」

「俺も平気だから」

「痩せガマンは良くないぞっ！ 寂しいときはアタシに甘えて！」

「本当に帰ってくれ」

さっさとこの厄介な少女を両親にお返ししたいところだが、困ったことに才人は真帆の住所を知らない。無理やり連行することはできない。

「ほら、おにーちゃん、行こうじゃないか夜の街へ！」

真帆《まほ》が才人《さいと》の腕にしがみつき、拳を突き上げて気勢を上げる。

「おーっ！」

「おお……」

げんなりする才人。シラフで酔っ払いのノリの少女に付き合うのは大変だ。

インターネットカフェに籠もれば一人静かに漫画を読《よ》み耽《ふけ》れたのだけれど、ああいうところに女の子を泊まらせるのは抵抗がある。

「仕方ない。ホテルを探すか」

「ラブホ⁉　ラブホだね⁉」

真帆が目をきらめかせた。

「普通のビジネスホテルだ」

「えー、ロマンチックじゃないよー」

「浪漫《ろまん》は要らん。雨露がしのげれば充分だ」

「はいはーい！　アタシはラブホを希望しまーす！　なぜなら回転するベッドとか見てみたいからでーす！」

「却下。文句があるなら家に帰れ」

ただでさえ朱音《あかね》と険悪な関係になっているのに、妹をラブホテルに連れ込んだなんて知られたら、死より深い苦痛を味わわされることだろう。

大通りに出た才人は、スマートフォンで近くのビジネスホテルを調べて向かった。

十階建てのシンプルな建物。広めの駐車場にトラックが数台駐《と》まり、残りを乗用車が埋めている。装飾性を排して機能に徹したデザインが才人の好みだ。

「まぁいっか、ビジホでも。おにーちゃんとお泊まりってことは変わらないし、二人でオトナの階段登っちゃうかもね！」

真帆は意気揚々とエントランスホールの自動ドアをくぐるが。

才人はシングルの部屋を二つ取り、片方の鍵を真帆に渡した。

「じゃっ」

手を挙げて世界一短い別れの挨拶を済ませ、自分の部屋に入る。

「おおおおにーちゃんのあほー！　かいしょーなしどーてー！」

施錠したドアの向こうから憤怒の声が響き渡るが、構ってやる才人ではない。目まぐるしい一日が終わり、ようやく一人でくつろげる空間に来られたのだ。

硬めのベッドに腰を下ろし、軽く息をついて室内を見回す。

外から見たときは簡素なホテルだったが、インテリアは割と高級感があった。壁際にはしっかりした机が置かれ、大型のテレビも据えられている。二人がけのソファにミニテーブル、その向かいにはシックなフロアライトが配置されていた。

トイレはシャワールームとの一体型で狭いが、シャワーは家で済ませているので問題ない。冷蔵庫には無料のミネラルウォーターも入っており、翌朝まで快適に過ごせそうだ。

才人《さいと》がスマートフォンを充電器に繋《つな》ぎ、ペットボトルから直接水を飲んでいると、ドアがノックされた。

「あー……入ってます」

やれやれと思いながら、才人は適当に返事した。

「入ってるのは知ってるよ！　ここを開けろーっ！　さもないとドアを破るぞ！」

廊下の真帆《まほ》が脅迫を仕掛けてくる。

「勝手にやってくれ。お前の脆弱《ぜいじゃく》な足で蹴破れるものならな」

「足じゃないよ！　消火器で叩《たた》き破るんだよ！」

「逮捕されろ！」

「逮捕されるのは、おにーちゃんの方だよ！　今からアタシ、叫ぶからね！」

「既に叫んでいるが……」

深夜のホテルでは迷惑なレベルである。

「親の許可なくおにーちゃんにホテルに連れて来られたって叫ぶからね！　未成年者略取罪かな？　洋服もTシャツ以外ぜんぶ剥《は》ぎ取《と》られたって叫ぶからね――!?」

「ちょっと話し合おうか!!」

才人は急いでドアを開けた。

わずかな隙間をかいくぐり、真帆が体を滑り込ませる。腕には消火器を抱えている。ただの脅しではなく、本当に強行突破するつもりだったのかと、才人はぞっとする。

「はっはっはー、入ってしまえばこっちのもの！ この部屋はアタシが占拠した！」

「とりあえず俺に消火器の噴射口を向けるのをやめろ」

「大丈夫だよ！ アタシ、消火器の発射の仕方は知ってるけど、止め方は知らないから！」

「一番ダメなヤツ！」

部屋中が白い粉で染め上げられたら、いったいどれだけの損害賠償を請求されるのか。間違いなく警察は来るし、両家の親も呼ばれてしまう。

才人は消火器を取り上げようと、真帆に向かって走った。部屋の中を逃げ回る真帆。ベッドに飛び乗り、椅子を蹴倒し、ソファに転がる。

が、所詮は狭いシングルルーム。いつまでも逃げ続けられるわけがない。

数分と経《た》たず、才人は消火器を奪い、真帆の両手を掴《つか》んで拘束する。

「さあ……出て行ってもらおうか……」

「おにーちゃんまで……アタシのこと追い出すの……？」

真帆の瞳から、涙がこぼれ落ちた。

「な、泣き真似《なまね》はやめろ」

怯《ひる》む才人《さいと》。

「泣き真似じゃないし！　ちょっとぐらい一緒にいてくれてもいいでしょ⁉　おにーちゃんまでアタシのこと大嫌いになっちゃったの⁉」

真帆《まほ》はベッドにへたり込み、肩を震わせて泣きじゃくる。次から次へと涙の雫《しずく》が落ち、シーツを丸く染めていく。

造り物ではない感情が爆発しているのは、才人にも分かった。

「えーと……もしかして、実はショックだったのか？　朱音《あかね》に大嫌いって言われて」

「そうだよ！　おねーちゃんにあんなこと言われたの、初めてだったもん！　アタシがどんなに悪戯《いたずら》しても、おねーちゃんは本気で怒ったりしないもん！　アタシ、アタシ、おねーちゃんに嫌われたんだ……。もう一生しゃべってくれないんだ……」

うえええええ、と真帆は小さな子供のように泣く。いつもの小悪魔じみた余裕はどこにもない。

――困ったヤツだな……。

才人は嘆息した。

からかわれるのは苦手だが、年下の女の子に泣かれるのはもっと苦手だ。自分が悪いことをしてしまった気がしてくる。

「あのくらい、よくあることだ。俺なんて朱音《あかね》から毎日五十回は嫌いと言われているぞ」

「ウソでしょ……？」

「本当だ。死を願われることは日常茶飯事、起床即怒鳴られるのも朝のルーティンだ」

「なんでそんなにメンタル強いの？　両親から嫌われて、奥さんからも嫌われてるとか、アタシなら死にたくなっちゃうけど……」

「俺も今冷静に考えると死にたくなった」

他のクラスメイトたちからもうっすらと嫌われている——敬遠されている自覚はあるので、哀《かな》しみはひとしおだ。

けれど、才人《さいと》には糸青《しせい》がいる。常に味方であろうとする彼女が隣にいてくれる限り、孤独を感じることはない。俺は大丈夫だ、うん大丈夫、と才人は自分に言い聞かせる。

「朱音は喜怒哀楽が激しいヤツだから、ついカッとなってしまっただけだ。すぐに機嫌を直して、お前のことは許してくれる」

「ホント……？」

真帆《まほ》は潤んだ瞳で才人を見上げた。

「ああ。俺のことは……まあ、許すまでだいぶかかるだろうけどな。元から嫌われているわけだし」

「ごめん……」

「いや……気にするな」

素直に謝られると、落ち着かない才人である。それだけ真帆が弱っているということなのだろう。きっと、真帆にとっては朱音がすべてなのだ。

落ち込んでいる少女を叩《たた》き出《だ》すわけにもいかず、才人が対応に悩んでいると、真帆がTシャツを脱ぎ始めた。

「なにをやっている!?」

「服、脱いでる」

「それは見れば分かる！　なぜ脱ぐ!?」

「おにーちゃんが追い出されたのはアタシのせいだから、セキニン、取らなきゃって思って……せめてカラダで償わなきゃ……」

「要らん！」

「アタシのカラダ、魅力ない？」

真帆は心細そうに肩を震わせる。

脱ぎかけのTシャツに引っ張られてベビードールもめくれ上がり、真っ白な双丘と腰が露《あら》わになっていた。ベッドの上で横座りになって涙ぐんでいる姿は、男の本能に訴えかける色気に満ちている。

「充分魅力はあるが、泣いている子供にそんなことできるか！」

「も、もう泣いてないし！　子供じゃなくてオトナだから、ちゃんとできるし！」

真帆《まほ》がムキになって才人《さいと》のズボンを引きずり下ろそうとする。

「やめろ！　痴女《ちじょ》か！　そこから手を離せ！」

ズボンを維持しようと握り締める才人。

「手を離すのは、おにーちゃんの方だよ！　黙って横になってないと、ちょん切るよ!?」

「怖っ！　そんな脅しをかけてくるヤツとできるか！」

「うるさーい！　アタシがお詫《わ》びにご奉仕してあげるって言ってるんだから、大人しく言うこと聞いてよー！」

無意味な攻防が数分続き、二人とも肩で息をしながらうずくまる。遊園地の後に夜の街を放浪し、さすがに体力の限界だ。

「もう、この部屋に泊まるのは構わないから、そろそろ寝てくれ」

「寝かしつけてくれるの……？」

「なんでもするさ」

「腕枕は？」

まるで糸青《しせい》のように真帆がねだってくる。

「うーん……まあ……いいか」

後輩の少女ではなく、妹だと思えば、邪心も起きない。

才人がベッドで横になると、真帆が腕の中に入ってきた。まだ泣き足りないのか、ぐすぐすと鼻を鳴らしながら、才人の胸に顔をうずめてくる。

——お前たち姉妹は、揃《そろ》って人騒がせだな……。

才人はため息をついて、真帆の頭を撫《な》でた。

腕の中が熱い。

やわらかくて心地良いものが、才人の体に押しつけられている。安心感と高揚を掻《か》き撫でるリズムが、小さな息遣いとなって聞こえている。

まだ昨夜の疲れが抜けきっていないのを感じながら、才人は重いまぶたを開く。

窓のシェードの隙間から、無遠慮な朝の陽射《ひざ》しが侵入してきていた。空調の効きが悪いのか、薄暗い室内に甘酸っぱい熱気が満ちている。

視線を下ろした才人は、自分にしがみついている真帆の姿を見て、ぎょっとした。

裸である。買ってやったTシャツどころか、あの薄いベビードールの一枚すら着ていない。滑るようになめらかな肌が、艶に濡《ぬ》れて才人にまとわりついている。覆う物のない少女の細腰が、しなやかにうねって巻きついている。

——やってしまったか……!?

才人《さいと》は心臓が凍るのを感じた。

嫁の妹と同衾《どうきん》するだけでもギリギリなのに、一線を越えてしまったとあっては、弁解の余地がない。真帆《まほ》は事情を朱音《あかね》に報告し、朱音は激怒してすべてが崩壊するだろう。

ひょっとしたら、昨夜からの出来事は真帆の計略だったのか。まんまと自分はその策に囚《とら》われたのか。

才人は焦って己の着衣を確かめる。きちんと寝間着も下着も身につけているようだ。シーツが乱れている様子もないし、昨夜はあのまま眠ったらしい。

ひとまず安堵《あんど》する才人だが、真帆の体が妙に熱いことに気づく。全身がサウナにでも入ったかのように汗ばんでいて、呼吸も荒い。苦しそうに顔も歪《ゆが》めている。

「おい、大丈夫か？　具合悪いのか？」

才人が尋ねると、真帆が億劫《おっくう》そうに目を開いた。

「いつも飲んでる薬があるんだけど……昨夜は飲んでなくて」

「お前、まだ病気治ってないのか」

「治ってるよ……。薬さえ飲んでれば、普通の人と同じように動けるし……。ちょっと疲れやすいだけで、ちゃんと体調管理していれば、そんなに倒れたりしないし……」

それは治っているとは言えない。

才人は、真帆が走ったりはしゃいだりした後に、よく息を切らしてうずくまっていたのを思い出した。お化け屋敷のときだって、本当は仮病ではなかったのかもしれない。

あえて仮病のフリをして、誤魔化《ごまか》していたのだ。

この嘘《うそ》吐《つ》きの少女は。

「なんで飲まなかったんだ」

「飲めなかったの」

「薬、どこにある?」

「おにーちゃんの家。昨夜、家を追い出されたとき、持ってくる時間がなくて。一晩くらいなら大丈夫だろうと思ったんだけど……ダメだったね」

真帆は笑ってみせる。けれど、そこに普段の活力はなく、今にも灯火《ともしび》の消えそうな弱々しさと、痩せ我慢の空々しさが漂っている。

才人は枕元のスマートフォンに手を伸ばす。

「とりあえず救急車を……」

「やめて!!」

悲鳴のような叫び声が漏れた。急に大声を出して体に障ったのか、真帆は薄い背中をくの字に折って咳《せ》き込《こ》む。

才人は真帆の背中をさすった。少女の裸身《らしん》に触れることを躊躇《ちゅうちょ》してはいられない。青白い肌に背骨が突き出ていて、ガラス細工より脆《もろ》く砕けそうだった。

「救急車なんか呼んだら、家族に連絡が行っちゃうから……。大騒ぎになって、おねーちゃんにバレちゃうから……」

「そんなこと言っている場合じゃないだろ」

「このくらい、よくあることなんだよ……。お医者さんも、もう普通に生活しても平気って言ってるし……」

「本当か？」

「ホントだよ。アタシだってまだまだやりたいこといっぱいあるし、こんなことでウソつかないよ……」

「だったら、いいんだが……」

ビジネスホテルなので、宿泊料金はチェックインのときに先払いしていた。才人《さいと》はフロントに電話してタクシーを呼んでもらい、到着までのあいだに真帆《まほ》に服を着せる。

少女の素肌は灼《や》けるように熱かった。袖にくぐらせるため腕を上げておくのもつらそうで、頭も頼りなくふらついている。とても自力で歩ける状態ではない。

フロントから到着の連絡が来たので、才人はベッドの真帆を抱き上げた。

「あは……お姫様抱っこ、初めて。おにーちゃんは手慣れてるね……」

「お前の姉にもしてやったことがあるからな」

真帆が目を瞬《しばたた》く。

「もしかして、おねーちゃんとおにーちゃんって、そこまで仲悪くないの……？」

「ずっと天敵だった。今は……よく分からん」

「童貞だから？」

「ちょっと黙ってろ」

無駄口で体力を消耗させたくなくて、才人は厳しい口調で封じる。

叱られたというのに真帆は嬉《うれ》しそうに笑って、才人の首に腕を回した。けれど、すぐにその腕は力なく垂れてしまう。

才人はエレベーターでエントランスホールに下り、玄関前に停《と》まっていたタクシーに真帆を乗せた。運転手にかかりつけの病院の場所を告げると、タクシーが走り出す。

揺れる車内で、真帆の肩が才人にもたれかかってきた。座っているのも苦しいのだろう。

才人は膝の上に真帆の頭を載せ、病院にも電話を入れておく。真帆は熱で朦朧《もうろう》としているのか、赤ん坊のように才人の服を握り締めている。

病院に到着すると、すぐ診察室に通された。

どうして薬を飲まなかったのか、どうしてこんな薄着をしているのかと医者から叱られ、検査と処置を受ける。

真帆が言った通り命に別状はなかったが、しばらく入院させられることになった。医師も看護師も馴染《なじ》みらしく、また来たのね、みたいな淡々とした雰囲気だ。

「久しぶりにやっちゃったな……」

病室のベッドに寝かされた真帆《まほ》が、天井を見つめてつぶやいた。

間に合わせのTシャツから、薄いピンクの病衣に着替えさせられている。起きたときよりは落ち着いているが、まだ呼吸は苦しそうだ。

「三十分くらいで、お前の両親も来るらしい。俺がいたらややこしいことになるから、そろそろ行くよ」

「ま、待って」

才人《さいと》が立ち去ろうとすると、真帆が呼び止めた。

「なんだ？」

「お願い……おねーちゃんにだけは、このこと言わないで……」

「お前が入院したってことか？」

「倒れたってことも」

「朱音《あかね》だって見舞いに来たいだろう」

将来の夢は医者だと語っていた朱音なら、全身全霊で看病してくれるはずだ。そもそも朱音が医者を目指すようになったのも、妹のように苦しむ人間を救いたいと願ったからなのだ。

「ダメなの。アタシの体が弱いせいで、おねーちゃんには小さい頃からいっぱい迷惑かけちゃったから。いつもアタシの面倒を見ていたせいで、おねーちゃんは友達と遊ぶ時間もなくて、なかなか友達ができなかったの」

「それだけが理由ではないと思うが……主な原因はあの性格だ」

「おねーちゃんは優しいよ。優しすぎるから……これ以上心配させたくないの。アタシのことばっかり気にして、自分がやりたいこともできないなんて、もうイヤなの」

真帆は切々と訴える。そこには普段の道化の仮面は欠片《かけら》もない。剥《む》き出《だ》しの感情をぶつけてくれているのは、才人にも感じ取れた。

「……分かった。朱音には黙っておく」

「うん。……おにーちゃんにも、迷惑かけて、ごめんね」

去り際、すがるように見ていた真帆の姿が寂しそうで、才人は胸がじくりと痛んだ。


病院を出た才人は、排気ガスまみれの大通りを歩きながら、糸青《しせい》に電話をかけた。まだ朱音の怒りは燃え盛っているだろうし、早めに宿を確保しておかなければいけない。

『なに？』

呼び出し音から数秒で、糸青が電話に出た。

「ちょっと家に帰れなくなってしまってな。悪いが、しばらく泊めてもらえないか？」

『朱音《あかね》とケンカしたの？』

「ああ。結構やばいレベルでな」

『離婚？』

「離婚は……どうだろう」

そこまではこじれないでほしいと才人《さいと》は感じる。この世に平和に勝るものはない。天竜《てんりゅう》や千代《ちよ》に今の状況を嗅ぎつけられたら、大変なことになる。

『ちょうど外をドライブしていたから、すぐ迎えに行く。そのまま裁判所に直行で』

「まだ離婚はしないからな！」

『遠慮しないで。うちの会社の顧問弁護士を紹介する。勝率百二十パーセント、どんな黒でも真っ白にする有能』

「超過している二十パーセントはなにをヤッたんだ」

『分からないけど、バレなきゃ犯罪じゃないんですよが口癖』

「ソイツは即刻クビにしろ」

目的のためなら手段を選ばず、法は一族の繁栄を導くための道具にすぎないと割り切っている北条《ほうじょう》グループだが、さすがにその弁護士は真っ黒すぎる。

才人が車止めの石柱に腰掛けて待っていると、糸青《しせい》の家の車がやって来た。油を塗ったように艶《つや》めく、白の高級車。ドアを開閉する音もしっとりした質感に満ちている。

ハンドルを握っているのは、いつもの爆走メイド運転手だ。

「お待たせいたしました、才人様。音速の壁を超えようと努力はしたのですが」

「努力せんでいい」

「もちろん安全運転にも努めております」

「信じてやりたいが、音速を出そうとしている時点で信じられない」

「わたくしは人間の限界を知りたいのです」

「法定速度が人間の限界だ！」

才人は後部座席でシートベルトを厳重に締める。これは命を守るための行動だ。街をロケット実験場と勘違いしている運転手には付き合っていられない。

休日の街を車が走り出した。

寝間着姿の才人を、糸青が眺める。

「いつ朱音とケンカしたの？」

「昨夜だ。いろいろあって、着の身着のまま追い出されてしまった」

「昨夜はどこに泊まったの？」

「適当なビジネスホテルだ」

「……誰と泊まったの？」

予想外の質問に、才人はぎくりとした。なぜ一人ではないと勘付かれたのか。相変わらずの察しの良さに脅威を覚える。

「そんなの……決まっているじゃないか……。なっ？」

バチーンとウインクし、愛想笑いで誤魔化《ごまか》すくらいしか対応を思いつかない。

無表情ながら、目に見えて糸青《しせい》のオーラが冷え切った。肌のひりつくような、絶対零度の空気である。

糸青は才人《さいと》の膝の上によじ登り、首筋に鼻を寄せる。

「女の子の匂い。朱音《あかね》じゃない。つまり、朱音以外の誰かと一晩過ごしたということ」

「な、なにを……」

「服を着ていたら、ここまで濃い匂いはつかないはず。相手は裸だった。兄《あに》くんもはだか……」

俺は服を着ていたぞ、と慌てて反論しようとする才人だが、即座に唇を噛《か》んで停止する。

これは高度な誘導尋問だ。糸青はゲームを仕掛けてきている。

演算能力にかけては才人をしのぐ糸青だが、ここで負けるわけにはいかない。頭脳戦で来るのなら、こちらも学年一の頭脳で反撃するだけだ。

糸青がメイド運転手に命じる。

「兄くんが素直になれるよう、速度を三百キロ増加」

「了解《ラジャ》」

メイド運転手がアクセルを踏み込んだ。景色が赤方偏移《せきほうへんい》を始める。

「待て待て待て待て!」

頭脳戦ではなかった。ただの脅迫だった。

メイド運転手がハンドルを操りながら告げる。

「最近、ニトロを買ったんですよ」

「新しいバッグ買ったんだー、みたいな雑談ノリで報告するのはやめてくれるか!」

通称ニトロ、エンジンに組み込むことで爆発的な加速を行うシステムだ。

「わたくし、頂いたお給金のほとんどをこの車の改造に突っ込んでおりまして」

「バカなのか!?」

メイド運転手は静かに首を振った。

「合理的な判断です。わたくしの手が届くクラスの車を改造するより、北条家《ほうじよう》のお車を改造した方が、圧倒的な走行力を実現できますので。しかもどんなに無茶《むちや》な乗り方をしても、メンテナンス費用は北条家持ちです」

「オーナーが聞いてるぞ」

「お嬢様はわたくしの味方です」

力強くうなずく糸青。

「シセは味方。たとえ走行中に車が全焼しても怒らない」

「さすがに怒れよ！」

「たとえ会社のお金を横領されても怒らない」

「犯罪だからな！」

「プリンを勝手に食べられたときは怒った」

メイド運転手が深々と頭を下げる。

「誠に申し訳ございませんでした。お嬢様の怒ったお姿を見てみたくて、つい……。予想通りとても可愛《かわい》らしかったので、またやると思います」

「悪質だ……」

そして車よりプリンの優先度が高いのは、通常営業の糸青《しせい》である。

「この新しいニトロシステム、実は試運転がまだでして」

メイド運転手がドクロマークのスイッチに指を添えてソワソワし始めたので、才人《さいと》は光速で自白した。

自宅で真帆《まほ》がベッドに潜り込んできたこと、絡み合っているところを朱音《あかね》に目撃されて叩《たた》き出《だ》されたこと、真帆とホテルに泊まったこと、真帆が体調を崩して入院したこと、などなど洗いざらいぶちまける。

「お嬢様、どうなさいますか？　晒《さら》し首《くび》ですか？」

「晒し首は可哀想《かわいそう》。コンクリ詰め」

「どっちも可哀想だろ！」

メイド運転手と糸青の視線が痛い。少なくともメイドは前を向いて運転に集中してほしいと才人は願う。

「大丈夫、シセは理解した。兄《あに》くんは美少女の嫁だけでは満足できず、嫁の妹の美少女にも手を出したと。シセはこんな兄を持って大変恥ずかしい」

糸青が才人から距離を置いて座席の端に寄る。

「マジで引くのはやめてくれ。全部不可抗力なんだ……」

才人は非常につらい気持ちになった。

「罰として兄くんは今夜、全裸でシセと寝るべき」

「ではわたくしは、撮影を担当しましょう」

「なぜ撮影する!?」

「思い出作り？」

小首を傾《かし》げる糸青。

「そんなスキャンダルまみれの思い出は要らん」

「全裸になるのは兄くんだけだから問題ない」

「問題のフルコースだろ！」

「兄くんはシセにも裸になってほしい？　それなら頑張る」

「頑張ってほしくない！」

「じゃあ、兄《あに》くんにゴム紐《ひも》をくわえさせて、ゴムパッチンを……」

「罰じゃなくて罰ゲームになってるよな？」

消えない不安を抱えながら、才人《さいと》は爆走高級車で糸青《しせい》の屋敷に連行されていった。


学校の廊下で才人を見つけた朱音《あかね》は、荒い足取りで近づいた。

「ちょっと聞きたいことがあるんだけど！」

「な、なんだ……？」

才人は早々に退散しそうな素振りを見せている。

簡単には逃げられないよう、朱音は距離を詰めて才人のネクタイを掴《つか》む。

「うちの妹、どこにいるのか知らない？　あれから学校にも来ていないみたいだし、実家にもいないのよ」

「さあ……。親に聞いてみればいいんじゃないか？」

才人が肩をすくめた。

「聞いたわよ。でも、お父さんもお母さんも『また旅行に出た』って言うだけで、まともに答えてくれないのよ」

「旅行に出たって言うのなら、旅行なんだろう」

「それなら私に挨拶くらいしてから行くはずだわ。真帆《まほ》に電話も繋《つな》がらないし、メッセージも既読がつかないし、なにかがおかしいの……」

朱音は歯嚙《はが》みする。

家から追い出したせいで、真帆に嫌われてしまったのだろうか。

でも、たとえ形だけの結婚とはいえ、断りもなく姉の配偶者にあんなことをするなんて、怒られても仕方ないはずだ。姉の代わりに才人と結婚しようかという真帆の提案に、朱音はまだ返事もしていなかったのだ。

「そのうち、帰ってくるんじゃないか？」

「なんで分かるの？　やっぱりなにか知ってるのよね？」

「いや……なんとなくの勘だ」

才人は頭を掻《か》いた。

「あんたは勘で動くような人間じゃないわ。真帆とも仲いいし、事情は聞いてるでしょ？」

「別に仲は良くない」

「ウソよ！　私の妹と……え、えっちしてたじゃない！」

「してない！」

「してたわ！　よりにもよって二人のベッドで、下着の妹と抱き合っ……むぐぐ！」

手で口を塞がれ、朱音《あかね》はじたばたと暴れた。

才人《さいと》は青い顔で声を潜める。

「人聞きの悪いことを言うな。他の奴《やつ》らに聞こえたらどうするんだ」

朱音は才人の手から逃れ、彼を睨《にら》みつける。

「事実でしょ」

「少なくとも俺はやましいことはしていない」

「だったら、真帆《まほ》と二人でちゃんと説明してよ！　私を真帆に会わせてよ！」

「俺に言われても困る」

「……っ！」

自分だけ蚊帳の外に置かれている焦燥に、胃が焼けるのを感じる。

朱音は真帆のことが心配でたまらないのに、居場所さえ分からない。また倒れているのではないか、あまりにも病気が悪化したから誰も真帆に朱音を会わせようとしないのではないか、と嫌な想像ばかりが膨らんでいく。

「そろそろ授業が始まりそうだから、教室に戻るよ」

背中を向ける才人を、朱音は引き止める。

「待ちなさいよ！　あんたは、いつになったら……」

帰ってくるの、という言葉は、声にすることができなかった。

才人を追い出したのは、自分なのだ。それを今さら、早く帰ってこいなどと要求できるわけがない。最低限の荷物は糸青《しせい》が引き取りに来たし、才人は二度と戻らないつもりなのかもしれない。

真帆にも、才人にも、嫌われた。

才人とは昔から犬猿の仲だったけれど、最近は徐々に関係が改善されてきていたのだ。なのに、すべてが壊れてしまった。みんなが自分から去っていく。

大嫌いだなんて、言わなければ良かった。

朱音は後悔でぐちゃぐちゃになって、曇ってくる視界を手の平で閉ざした。


事情を知らない朱音の代わりに、才人は真帆の病院に毎日通っていた。

放課後、学校を出ると、古ぼけたバスに揺られて郊外へ向かう。

車内は老人の姿が目立った。小学生くらいの女の子二人が、緊張した様子で座席に並んでいる。顔立ちも似ているし、姉妹なのかもしれない。

真帆に買い物を頼まれていたので、才人は一つ前のバス停で降り、ファストフード店に寄ってから病院に到着した。

十二階建ての大きな病院。一階のエントランスホールは、外来患者で混み合っている。

才人《さいと》はエレベーターに乗り、鏡に映る自分を眺めた。

家から追い出される原因を作った傍迷惑《はためいわく》な少女なのに、どうして放っておけないのだろうか。やはり、あのパーティのときの想《おも》いが残っているせいだろうか。分からなかった。

真帆《まほ》はベッドで仰向《あおむ》けになり、天井を眺めていた。才人が病室に入ると、真帆はすぐに起き上がり、ぐしぐしと目元を拭って笑顔を作る。

「やっほー、おにーちゃん。またアタシに逢《あ》いに来たの？　そんなにアタシのこと好き？」

「今、泣いてなかったか？」

「な、泣いてないよー。ちょっと雨降ってただけだよ」

「ここは室内だぞ」

強がる真帆に、素直じゃないのは姉譲りかと才人は思う。友達が多いタイプではないし、姉も見舞いに来てくれないのは寂しいのだろう。

才人はキャスターのついたテーブルをベッドの上に動かし、ファストフード店の紙袋を置いた。

「ほら、土産だ」

「わーい。入院食って、味が薄くて野菜ばっかりだから嫌いなんだよねー」

真帆は喜んで紙袋を開き、中身を取り出した。

「コーラとバーガーだけ？　ポテトもつけてって言ったのにー」

「あんまり甘やかしたら、俺が医者とお前の親に怒られる」

「でもアタシからは愛されるでしょ？」

「愛は要らん」

「愛されたいからおねだり聞いてくれてるんでしょ？」

「お前がしつこいからだ」

見舞いに来る度にハンバーガーを食べたい食べたいとせがまれていたら、さすがの才人も根負けしてしまう。栄養のバランスを完全に計算し尽くした入院食の方が体に良いかもしれないが、心の健康も大事だろう。

大口で頬張《ほおば》る元気はないのか、真帆はハンバーガーを控えめにかじり、恍惚《こうこつ》の声を漏らした。

「んんーっ、コレだよコレ！　お医者さんに黙って食べるジャンクフードはたまりませんな～！」

「いつも朱音《あかね》にもねだっていたのか？」

「おねーちゃんは絶対買ってきてくれなかったよ。なんか変な海藻とかキノコとか、健康食品はいろいろ食べさせられたけど」

真帆《まほ》はストローでコーラを吸い、ぷはーっと満足げに息をつく。

「アメリカのマックってね、日本のマックとは結構違うんだよ」

「そうなのか？」

「朝からステーキバーガーとか売ってるし、Sサイズのドリンク頼んでも日本のLサイズくらいのが出てくるし、ポテトの量もすごくてお得なの」

「さすがに詳しいな」

「帰国子女だからね」

胸を張る真帆。

食べかけのハンバーガーをテーブルに置き、恨めしそうな目で見る。すべて平らげたい気持ちは強くても、体がついていかないようだ。

「そんなに体が弱いのに、よく海外を飛び回っていたな」

「夢だったから。おとーさんとおかーさんがいっぱい働いて大きな手術を受けさせてくれたお陰で、寝たきりじゃなくなったんだけどね……まだ完全に本調子じゃないの」

「だったら、無理しなくても……」

「アタシ、怖いんだよ」

「なにが？」

真帆はか細い両腕を抱き締め、小さく震える。

「また、いつ起き上がれなくなっちゃうか、分からなくて怖い。いつ死んじゃうか、分からなくて怖い。だから、小さい頃に憧れていたことは全部、今のうちにやっておきたいの」

「……なるほどな」

常に欲望全開でエネルギッシュな真帆のことが、才人《さいと》は少しだけ理解できた。彼女を走らせているのは、焦り。過剰なまでの活力は、恐怖の裏返しだったのだ。

「それにね、アタシが元気に海外旅行していたら、おねーちゃんが安心してくれるんだよ。今回みたいに具合が悪くなったときも、見られなくて済むし」

「体が本調子じゃないのも、アイツには秘密にしてるのか？」

「うん……。アタシが小さい頃、おねーちゃんにはいつも心配ばっかりさせてたから……。アタシのことが好きすぎるんだよ、おねーちゃんは……」

お前も姉のことが好きすぎるんだろう、と才人は内心でつぶやく。

この姉妹はお互いを想《おも》い合っているからこそ、すれ違い、傷つけ合っている。憎悪だけではなく愛情も相手を苦しめることになるのは、不思議なものだ。

「お前が俺を誘惑しようとしたのも、朱音《あかね》のためか」

「え……」

「最初は、姉を俺に盗《と》られて悔しかったから奪い返そうとしているのかと思った。でも、違う。お前は姉に……幸せになってほしかったんだな」

真帆《まほ》は決まり悪そうにうつむき、掛け布団の上で手を握り締める。

「……なんでバレたかな」

「引っかかったのは、俺に向ける敵意の弱さだ。確かにお前は俺のことを嫌っているが、姉との関係を引き裂いた敵に対するほどの憎しみじゃない。俺は毎日、本物の殺意を浴びているから分かる」

できれば分かりたくないものだけれど。朱音《あかね》とクラスで過ごした二年、そして結婚してからの濃厚な時間で、才人《さいと》は敵意のレベルをある程度嗅ぎ分けられるようになっていた。

「降参」

真帆がため息をついた。

「その通りだよ。おねーちゃんのクラスに大嫌いな男子がいるってことは、前から聞いてたの。ソイツのせいで学年一位になれないって、おねーちゃんはずっと悔しがってた。そんな相手と結婚させられるなんて、ひどすぎるでしょ」

「まあ……無茶《むちゃ》な話だな」

よりにもよって水と油を混ぜ合わせているのだ。かつて諦めた恋を曲がりなりにも叶《かな》えるためとはいえ、天竜《てんりゅう》と千代《ちよ》は暴走しすぎている。

「こんなめちゃくちゃな結婚で、おねーちゃんが不幸になるくらいなら、アタシが身代わりになった方がいいって思ったの。今度こそ、自分が好きなことだけやってほしいって」

「俺と結婚して、お前が好きな相手と結婚できなくなってもか」

「おねーちゃんが、喜んでくれるなら」

真帆はためらいもなく言い放った。

朱音が語っていた素直で可憐《かれん》な病弱少女のイメージが、ようやく目の前の少女と重なるのを才人は感じた。空元気と小生意気な仮面で偽装されているが、彼女の芯は真《ま》っ直《す》ぐだ。

「だけど……アタシ、間違えちゃったのかな。おねーちゃん、すっごく怒ってたし。アタシ、嫌われちゃったし。もう……ダメなのかな」

真帆は目に涙を溜《た》め、唇をわななかせた。

「朱音は今でもお前のことが好きだ。お前がなにをやらかしても、それは変わらない」

糸青《しせい》になにをされても、才人が糸青を嫌いになることはないように。築かれた絆《きずな》は、一度や二度のケンカで失われたりはしない。

「でも……」

「心配するな。そばについていてやるから、少し眠れ。そして、早く朱音に元気な姿を見せてやれ」

才人が言い聞かせると、真帆はベッドに横たわった。その手が心細そうに、掛け布団の端から差し出されている。

朱音《あかね》が手を握って寝かしつけていたという話を思い出し、才人《さいと》は真帆《まほ》の手を取る。両手でそっと包んでやると、真帆は安心したように目を閉じる。

「おにーちゃんの手……気持ちいい。おねーちゃんとは違うけど、落ち着く……」

「シセのこともよく寝かしているからな」

「どうして、こんなにアタシの面倒見てくれるの？　アタシ、おにーちゃんにひどい迷惑かけたのに……」

「それは……」

なぜなのだろうと才人は改めて考える。

真帆のことは嫌いではないし、放置できない危うさがあるのは確かだ。

だが、それだけではない気がする。

真帆を独りにしておいてはいけない。自分が責任を持って世話していなければいけない。

そんなふうに、感じてしまうのは。

——そうか。

才人は気づいてしまった。

予想もしなかった己の感情を自覚し、戸惑いを抑えられない。相手は、才人のことを誰よりも憎んでいる少女だというのに。

「俺も……朱音の幸せを願っているからだ」

「おにーちゃんも……？」

真帆が目を瞬《またた》いた。

「元気をなくしているお前が、こんなところで寂しい思いをしていたら、朱音が悲しむ。アイツの笑顔が消えるのが、俺は嫌なんだ」

「おねーちゃんの笑顔、すっごく可愛《かわい》いもんね」

「まあな。それだけは認める」

才人と真帆はくすりと微笑《ほほえ》み合う。

「お前は、この結婚で朱音が不幸になると心配しているが、俺はアイツを不幸にするつもりはない。お前から姉を奪ったりもしない。だから、安心してくれ」

恋もなく、愛もなく、強制された結婚とはいえ、二人は共に暮らしている。運命共同体である人間同士として、才人は朱音と快適に過ごしていきたい。毎朝、顔を合わせる相手には、いつも楽しく笑っていてほしい。

「……なんだ。アタシ、バカみたい。帰ってこない方が良かったのかな」

自嘲する真帆に、才人は首を横に振る。

「そんなことはない。お前が遠くにいて会えないのを、朱音は寂しがって落ち込んでいた。たとえ心配させられても、朱音はお前と一緒にいたいと思っている」

「アタシ、おねーちゃんのそばにいていいの……？」

真帆《まほ》はおずおずと尋ねた。

「当たり前だ。それが朱音《あかね》の幸せなんだから」

手がかかるのは、決して悪いことばかりではない。大切な人の世話を焼くことだって、幸せの形の一つだ。

「おにーちゃんは？　アタシと一緒にいたいって、思う？」

「俺も、お前とバカやって遊ぶのは楽しいぞ」

「……アタシも」

真帆は掛け布団の端から顔を覗《のぞ》かせ、照れくさそうに笑った。

才人《さいと》の後を尾《つ》けて病院まで来た朱音は、廊下に隠れて二人の様子を窺《うかが》っていた。

自分だけのけ者にされたのは許せないし、才人が図々《ずうずう》しく真帆の手を握っているのも許せない。決定的なところで踏み込んで、怒ってやろうと考えていたのだけれど。

「俺も……朱音の幸せを願っているからだ」

才人が語るのが聞こえ、朱音は耳を疑った。

そんなことを才人が言うなんて、信じられない。あの男が望んでいるのは、自分の幸せだけかと思っていた。

でも、嫌な感じではなかった。

なぜか鼓動が速まって、どんどん駆け足になっていく。

胸の中が熱くて、体中が熱くて、どうしたらいいのか分からない。

才人が、朱音の笑顔を可愛《かわい》いと思っていた。

才人が、真帆に朱音のそばにいるよう促してくれている。

大嫌いなクラスの男子から、そんな優しい姿を見せられたら、朱音は混乱してしまう。

本当に嫌いなはずなのに、この世から消えてほしい相手のはずなのに。

「ちょっと飲み物買ってくる」

才人が真帆に断って、病室から出てきた。

「あっ……」

「朱音!?」

驚いて固まる才人。

朱音はなにを話せばいいのか、どんな顔をすればいいのか、分からない。反射的にその場から駆け出し、エレベーターに逃げ込んだ。

弾《はじ》け飛びそうなくらい、心臓が鳴っている。

上に向かうスイッチを押したせいで、上っていくエレベーターを止められない。

足を踏ん張っていても膝が震えて、才人の穏やかな声が耳朶《じだ》の奥で響いて。

——なんなの、これ……!?

鏡に映った顔は、苺《いちご》みたいに真っ赤だった。

ぷるぷる…
か 帰ってきて…くれない…？
ビシ!!
帰ってこないと殺すわ！
兄くんを帰らせるための練習？
ビクーン
きゃー!?
手料理で口封じ
うま
ドキ
ドキ

エピローグ

epilogue

「ごめんね、おねーちゃん！　全部アタシが悪いの！」

3年A組の教室の前で、真帆《まほ》は深々と頭を下げた。

「悪いって、どういうことかしら？」

朱音《あかね》は戸惑いがちに尋ねる。

昼休みの廊下は人もまばらで、緩やかな陽射《ひざ》しが窓際を暖めていた。飛行機の音を遠くに聞きながら、才人《さいと》は真帆の隣で様子を見守る。

「アタシ、こっちに帰ってきてから、ずっとおにーちゃんを誘惑してたの。おねーちゃんを不幸にさせたくなくて、アタシが身代わりになろうと思って」

「寝室で抱き合っていたのも、そのためだったってこと……？」

真帆が深刻な表情で語る。

「アタシ、だいぶ頑張ったんだけど、おにーちゃんってばすっごいマジメでさ〜、全然手を出してこないの。多分、ついてないんだと思う」

「やっぱり……？　私もそんな気がしていたのよね……」

「おい」

とんでもない風評被害の気配に、才人は異議を申し立てた。

真帆は両手を叩《たた》く。

「あ、でも、大丈夫。ついてるのは間違いないよ。ちゃんと確かめたから」

「どうやって!?」

「それはもちろん、一緒にお風呂もがが！」

才人の手の平が風を切って突進し、真帆の口を塞いだ。このまま呼吸を停止させるレベルで鼻も塞ぐが、真帆は才人の腕をすり抜ける。

——余計なことを言うな！

念を込めた才人の視線に、にやにやと笑う真帆。すっかり小悪魔モードが復活している。

迷惑千万極まりないけれど、元気になったのは一安心だ。

「だから、おにーちゃんはなにも悪くないの。むしろアタシのお見舞いもたくさん来てくれて、めちゃめちゃイイ人だし！　おにーちゃんのこと、許してあげて！」

「真帆……お前……」

誠心誠意、説得に努めてくれる彼女の姿に、才人は胸が熱くなった。

朱音がためらいがちに告げる。

「真帆がそこまで言うなら、考えてみても構わないけど……。私の代わりに犠牲になろうとか、そういうのはもうやめて」

「なんで？」

「私は大切な妹に、幸せに生きてほしいの。この地獄の苦痛を耐え忍ぶのは、私だけで充分だから」

「そこまで言うか」

まるで鬼への供物に捧《ささ》げられるかのような口ぶりに、才人《さいと》は哀《かな》しい気持ちになった。とはいえ地獄であることは否定できない。

真帆《まほ》が勢いよくうなずく。

「分かった。おねーちゃんの身代わりになるなんてこと、もう考えない。自分の好きに生きるね！」

「ええ、それでいいの」

微笑《ほほえ》む朱音《あかね》。

悪戯《いたずら》の化身のような真帆が誘惑を仕掛けてくることも、二度とないだろう。これで平和な生活を引《ひ》っ掻《か》き回《まわ》されないで済むと、才人も安堵《あんど》する。

「でもね、おねーちゃん」

真帆が才人に近づいた。その唇が寄せられ、小さな音を立てて才人の頬《ほお》に押しつけられる。やわらかな、濡《ぬ》れた感触。

「「えっ……」」

才人と朱音の二人が、状況についていけず固まった。

真帆は才人に腕を絡ませ、くすっと笑う。

「アタシ、ホントに好きになっちゃったんだよね。だからおにーちゃんのこと、アタシのモノにするね」

「才人……？　あんた、よくも妹をたぶらかして……」

目を吊《つ》り上《あ》げる朱音。全身から紅蓮《ぐれん》のオーラが噴き上がる。

「いやいや!?　俺はなにもしていないぞ!?」

降って湧いた災難に、才人は泡を食って否定した。

真帆は才人にしなだれかかり、頬を押さえて照れる。

「してるよ～♪　あんなオトナの余裕見せつけられて優しくされたら、もう好きになっちゃうしかないじゃん？　全力でアタシのこと惚《ほ》れさせに来てたじゃん？」

「来てねえ！」

才人は飽くまで真帆のことを放っておけなかっただけだ。

「おにーちゃんとアタシ、二人でホテルに行った仲だもんね～♪」

「ちょ、ちょっと！　どういうことよ!?」

「ビジネスホテルだ！　部屋も二つ取った！」

「結局、一緒に寝たよね？　おにーちゃんの腕枕、気持ち良かったな～」

「ずいぶん仲良しなのね……」

肩をわななかせる朱音《あかね》。

「朝起きたら、アタシの服脱がせてたしね」

「お前が勝手に脱いでたんだろ！」

「カラダが熱かったからだよぉ。おにーちゃんのせいで」

「諸悪の根源は才人《さいと》ということね……」

真帆《まほ》が腰をくねらせ、才人の胸をつつく。

「アタシ、早くおにーちゃんの赤ちゃん産みたいな♪」

「やめろ————!!」

朱音が教室に駆け込んで武器を探し始めたので、才人は危機感を覚えた。真帆に誤解を解いてもらえるはずだったのに、ますます誤解がひどくなっていく。

「あーあ、おにーちゃんってば、おねーちゃんのこと怒らせちゃった」

「怒らせたのはお前だからな！　怒られるのは俺だが！」

この世の不公平が凝縮された状況である。

「そーいえば、おにーちゃんがパーティで逢《あ》った子、誰なのか分かっちゃったんだよねー」

「え!?　誰だ!?　お前じゃないのか!?」

思わず食いついた才人は、真帆が口角を上げるのを見て、しまったと感じる。

「あはっ♪　そんなに知りたいんだ〜？」

「いや……少し興味があるだけだ」

相手に有利を確信させてしまったら、取引は負けだ。

「ウソばっかり。めっちゃ必死になってるじゃーん」

真帆は真紅の唇を指でなぞり、才人に身を擦り寄せる。

「おにーちゃんの方からアタシにちゅーしてくれたら、教えてあげるよ？」

「ここでそんなことできるか！」

「あれー？　ここじゃなかったらいいのカナー？　ちょっと本音出ちゃったかなぁ〜？」

「貴様……」

「いーよ、二人きりになれるとこ行こ！　授業なんてサボってカラオケだー！」

「お前は自分の教室に帰れ！」

この少女は相変わらず厄介だと、才人は嘆息した。

教室の席でふてくされている朱音のところへ、才人は近づいた。周りに他の生徒がいない今が、朱音と話をするチャンスだろう。

いつまでも糸青《しせい》の屋敷で世話になっているのは忍びないので、早めに朱音《あかね》の機嫌を直しておきたい。

叔母は永遠にここで暮らしなさいと言ってくれるが、さすがにそこまで甘えるわけにはいかない。たとえ地獄の戦場でも、朱音との家が才人《さいと》の家なのだ。

「……朱音」

才人は声をかけるが、朱音は見向きもせず、つんと澄ましている。

「……なに？」

「その……、すまなかった」

才人は説得の方法を思いつかず、ぎこちなく言葉を紡いだ。

朱音が才人を睨《にら》みつける。

「どうして謝るの？　私の親友だけじゃなくて、妹にまで惚《ほ》れられちゃったから？　モテモテでごめんなさいとでも言うつもり？」

「…………………」

返答に困る才人。

「……あんたに、一つだけ確認しておきたいことがあるんだけど」

「なんだ？」

朱音は手を握り締め、上目遣いで才人を見上げる。

「病院で……、わ、私の幸せを願っているとか言ってたの……ホント？」

「なっ……」

聞かれていたのか、と才人は焦った。

あのときは真帆《まほ》しかいないと思っていたから、つい素直に話してしまっていたが、まさか本人の耳に入っていたなんて。天敵からそんなことを言われ、朱音は死ぬほど気持ち悪がっているに違いない。

「あれは、だな……」

必死に弁解の方法を考える才人に、朱音が迫る。

「正直に答えないと、許さないわ」

すべてを貫く鋭い視線。

退路はない。

「……本当だ」

才人は白状した。

朱音はすぐに目をそらし、うつむく。その耳たぶが、みるみる朱《あか》く染まっていく。

「……嬉《うれ》しい」

愛らしい唇から、ささやくような声が漏れた。

才人は全身の血液が燃えるのを感じる。

嬉《うれ》しいとは、いったいどういう意味なのか？　才人《さいと》に幸せを願われるのが嬉しい？　天敵の朱音《あかね》が？　なぜ？

才人は混乱する。朱音がなにを考えているのか分からない。

ただ、恥ずかしそうに震える朱音の姿が可愛《かわい》くて、心臓が暴れるのを抑えられない。

朱音が制服の袖をいじりながら、ためらいがちに告げる。

「じゃあ……その……、そろそろ、うちに帰ってきなさいよ」

「お、お前がいいなら……」

「良くはないけど！　あんたが同じ家で寝起きしてるなんて、ぞっとするけど！　でもほらっ、あんまりあんたが長く留守にしてると、おばあちゃんたちにバレちゃうかもしれないし！　それで怒られるのは私だし！」

真っ赤な顔でまくし立てる朱音。羞恥心に悶《もだ》えて死にかけているのが分かる。

「まあ……そうだな。だったら、帰らせてもらうよ」

「うん……」

蜂蜜で窒息しそうな甘い沈黙が、二人のあいだを満たす。

まさか朱音の方から帰ってこいと言ってくれるなんて、才人は予想もしていなかった。

今回のケンカは随分と大変だったが、やっとすべてが落ち着く。

そう、思ったのだけれど。

「……やっぱり、朱音《あかね》って才人《さいと》くんと一緒に暮らしてるんだ」

後ろから声が聞こえ、才人が振り返ると、陽鞠《ひまり》が立っていた。

教室のクラスメイトたちがざわめく。

「え、ウソ……？」「朱音ちゃんと才人くんが……？」「一年のときから怪しい感じはしてたもんね～」「でも同棲《どうせい》とか、やばくない？」「みんなに教えなきゃ！」

あっという間に波紋は広がり、教室は喧噪《けんそう》の渦に呑《の》み込まれた。

あとがき

人間は、川の石ころのようなものだと言われます。

最初は角張っていた石が、川の流れの中で他の石と擦《こす》れ合い、長い歳月のうちに磨かれて丸くなっていきます。

人格も多かれ少なかれ、交流する相手から影響を受けるものです。角が取れて成熟していく人もいますし、逆に歪《ゆが》んでいく人もいます。

才人《さいと》と朱音《あかね》は、どちらかといえば孤独な人間です。ずっと狭い世界に閉じこもっていた二人が、今では毎日のように激しくぶつかり合い、お互いに影響を与え合っています。

凄絶な地獄の中で、二人の心はどう変わっていくのか。

既に、その変化は表れつつあるのかもしれません。

お陰様で、ＹｏｕＴｕｂｅの漫画動画から始まった『クラスの大嫌いな女子と結婚することになった。』も四巻目となりました。十一月からはＹｏｕＴｕｂｅ発ライトノベルフェアも始まり、朱音が告知イラストのセンターを飾っています。

朱音の寝かしつけＡＳＭＲに続き、ＬｉｓｔｅｎＧｏ（リスンゴ）で小説一巻のオーデイオブックも発売されました。ＹｏｕＴｕｂｅ版でお馴染《なじ》みの鈴木愛唯《すずきあゆ》様がナレーションを熱演してくださっています。

本書をお届けするにあたっては、大勢の方にお世話になりました。

担当編集のＫ様、Ｎ様、ＭＦ文庫Ｊ編集部の皆様。細やかなサポートと全力プッシュ、ありがとうございます。提案してくださる面白い挑戦を、いつも楽しみにしています。

イラストレーターの成海七海《なるみななみ》先生。真帆《まほ》のデザインがめちゃくちゃ好みでした。こんな子に煽《あお》られたい。からかわれたい。これからも存分に暴れ回ってくれる子かと思います。

漫画家のもすこんぶ先生。コミック六話の朱音は殺しに来ていますよね？　破壊力が抜群すぎて、才人だけでなく作者まで心臓を打ち抜かれてしまいました。

そして、読者の皆様。一巻からの厚い応援、本当にありがとうございます。皆様の感想やオススメのお陰で、どんどんクラ婚が多くの方に広がっているのを実感しております。

本書とほぼ同時に、コミックの一巻も発売されます。小説だけでは伝えきれない朱音の可愛《かわい》い表情が余すところなく描かれていますので、是非是非よろしくお願いいたします。

晩秋の夕暮れ、新たな庵《いおり》にて　　二〇二一年十一月十四日　　天乃聖樹《あまのせいじゅ》

遂に才人と朱音の同居がバレる……!?
夫婦最大のピンチが訪れる——!!
クラスの大嫌いな女子と結婚することになった。
2022年 ※2021年12月時点の情報です。
5巻 5月発売予定!!